KB072548

전능의 팔찌

THE OMNIPOTENT BRACELET

김현석 현대 판타지 소설
FUSION FANTASTIC STORY

전능의 팔찌 34

김현석 현대 판타지 소설

초판 1쇄 찍은 날 § 2014년 2월 21일
초판 1쇄 펴낸 날 § 2014년 2월 28일

지은이 § 김현석
펴낸이 § 서경석

편집부상 § 권태완
편집책임 § 박은정

펴낸곳 § 도서출판 청어람
등록번호 § 제1081-1-89호
등록일자 § 1999. 5. 31
어람번호 § 제1-1785호

주소 § 경기도 부천시 원미구 부일로 483번길 40 서경B/D 3F (우) 420-822
전화 § 032-656-4452 팩스 § 032-656-4453
http://www.chungeoram.com
E-mail § E-mail § chungeorambook@daum.net

ISBN 978-89-251-3733-9 04810
ISBN 978-89-251-2596-1 (세트)

전능의 팔찌

THE OMNIPOTENT BRACELET

FUSION FANTASTIC STORY
김현석 현대 판타지 소설

청
어
람

CONTENTS

CHAPTER 01
일본의 국치일

현수는 이실리프 뱅크의 구인광고를 볼 때 번뜩이는 상념이 있었다.

"그래, 그렇게 하면 되겠구나."

예비합격자로 두 배를 뽑았으니 절반은 불합격이다.

이실리프 뱅크가 이렇게 하는 이유는 걸러낼 사람은 걸러내기 위함이다.

먼저 필기시험부터 치른다. 초등학교 수준이면 충분히 답을 고를 수 있는 사지선다형 국사 시험이다.

입사하려는 사람들을 시험 유형으로 괴롭힐 이유는 없다.

100점을 만점으로 하여 60점 이상 점수가 나오지 않으면 필요로 하는 인원에 못 미치더라도 합격시키지 않는다.

내 나라 역사조차 제대로 알지 못하는 사람은 고용하지 않는 것이 이실리프 그룹의 방침이기 때문이다.

시험 통과자가 적어 필요 인원에 미치지 못하면 다시 광고하여 지원을 받으면 그만이다.

아무튼 이실리프 그룹은 모든 계열사에서 직원을 뽑을 때마다 국사 시험을 반드시 치르게 할 것이다.

영어 같은 외국어가 필요하지 않은 부서의 직원을 뽑을 때에는 당연히 외국어 시험을 치르지 않는다.

토익 · 토플 만점 증명서가 있어도 가산점은 없다.

필요하지도 않은 외국어 공부를 했다고 점수를 얹어줄 이유는 없기 때문이다.

가산점은 군필자와 국가유공자 후손에게만 줄 것이다.

입사 후에는 일체의 시험이 없다. 뽑을 때 제대로 뽑았으니 다음부터는 능력에 따라 진급시키면 그만이다.

면접을 볼 때 지원자가 앉을 의자는 '올웨이즈 텔 더 트루스(Always tell the truth)' 마법진이 그려진 것이다.

먼저 종교에 관한 질문을 받게 될 것이다.

입사 지원자는 애써 감추려 해도 있는 그대로의 답변을 하게 된다. 이를 통해 특정 종교를 맹신하는 자들을 철저하게 배제시킬 계획이다.

남에게 자신의 종교를 강요하는 정도만 되어도 탈락 대상이다. 또한 내 종교만 옳고 남의 종교는 그릇되었다는 인식을 가진 자 역시 탈락이다.

분란의 소지를 애초부터 제거하기 위함이다.

특정 종교를 믿는다 하여 모두가 나쁘거나 비양심적인 것은 아니다. 좋은 일 많이 하고 양심적으로 세상 사는 사람도 많이 있을 것이다.

문제는 소금과 설탕이 섞여 있을 때 소금만 골라낼 방법이 없다는 것이다.

그렇기에 눈물을 머금고 배제하려는 것이다.

나중에라도 스스로 자정 노력을 하여 사회적 인정을 받게 되면 그때는 이런 절차를 없앨 것이다.

물론 현수가 철저히 배제하려는 그 종교는 그럴 확률이 '0'에 수렴한다. 오히려 점점 더 독선적이고 아집으로 똘똘 뭉칠 가능성만 높다. 그렇기에 전혀 기대하지 않는다.

종교 문제에서 자유롭다면 다음은 인터넷 사용에 관한 것이다. 지속적으로 사회적 물의를 일으키는 웹사이트가 있다.

하는 짓들이 치졸하기 이를 데 없고, 제대로 된 인성과 도덕성을 갖춘 자를 찾기 힘든 곳이다.

문제를 일으킨 장본인을 찾아 물어보면 단순한 장난으로

그랬으니 선처해 달라는 말을 하곤 했다.

현수가 판단하기에 그들은 도덕성은 물론이고, 인간성 자체가 올바르게 형성되지 못한 자들의 집단이다.

승패병가지상사(勝敗兵家之常事)라는 말이 있다.

전쟁에서 이기거나 지는 건 늘 있는 일이라는 말이다.

이것은 실수하여 전쟁에 졌다 하더라도 다음에 잘하면 된다는 뜻을 내포하고 있다.

하지만 그들에게 다음의 기회를 줄 마음은 전혀 없다.

그 사이트 이용자들의 성향을 짐작하기 때문이다.

따라서 그들은 당연히 100% 탈락이며, 블랙리스트에 올라 영구히 이실리프 그룹에 발붙일 수 없다.

뿐만 아니라 이실리프 그룹과 거래하는 태을제약 같은 납품사에도 블랙리스트를 제공하여 채용하지 말 것을 강력하게 권고할 생각이다.

멀쩡히 있다가도 언젠가는 회사에 해(害) 될 일을 하여 큰 손해를 입히게 될 것이라 판단하기 때문이다.

거래처 대부분이 현수가 대주주이니 이는 부당한 요구가 아니다. 다시 말해 문제될 것이 없다. 대주주로서 미래에 도래할 수 있는 위험성을 지적하는 것이기 때문이다.

어쨌거나 탈락자 중에도 쓸 만한 인재가 있을 수 있다. 이들을 이실리프 상사 등에 취업시키면 괜찮을 것 같다. 이들은 종교나 특정 웹사이트와 관련 없이 떨어진 사람들이다.

또 다른 방안은 대학에 재학 중인 청년들을 미리 고용하는 것이다.

결혼한 이가 드물 것이니 부양가족을 생각할 필요가 없다.

당연히 자식이 없으니 자녀 교육 문제 때문에 외국에 나가는 것을 꺼리지도 않을 것이다.

아울러 전공에 대한 기억이 아직 사라지지 않은 상태이다.

몇 년간 외국생활을 하면 결혼자금 정도는 충분히 적립할 수 있을 것이므로 서로 좋은 일이 될 것이다.

남자의 경우엔 국방의 의무를 부담해야 하므로 군필자 우선으로 채용한다. 다시 말해 복학생 우선이다.

지방대나 현수가 나온 삼류 대학 쪽은 취업의 어려움을 겪고 있을 것이니 지원자가 많을 수도 있다.

여자의 경우는 자발적 지원자만 받으면 된다.

머나먼 땅으로 시집도 안 간 딸을 보내려는 부모는 적을 것이기 때문이다.

꼭 대학에 재학 중일 필요는 없다. 이실리프 자치구는 고졸 학력만으로도 할 일이 넘쳐나기 때문이다.

그러므로 갓 전역하였거나 전역 후 제대로 된 직장에 취업 못해 아르바이트로 연명하는 젊은이들을 고용하면 된다.

이 경우에도 남자는 군필자가 아니면 채용하지 않을 계획이다. 물론 정당한 사유가 있어 면제 받은 사람은 예외이다.

정당한 사유 중 외국국적을 취득하여 군대를 기피했다가 일정 시간 후 다시 한국국적을 취득한 경우는 예외이다.

이 밖에 병역을 기피할 목적으로 가짜 환자, 정신병자, 행불자, 가짜 고아 행세를 한 자 등도 전원 탈락이다.

아무튼 졸업하지 않은 청년들을 대상으로 한다면 상당히 많은 젊은 인력을 채용할 수 있을 것이다. 불확실한 미래보다는 당장의 취직을 선호할 수도 있기 때문이다.

이들은 직접적인 노동을 하는 일꾼이 아닐 확률이 높다.

고등학교 과정만 제대로 이수했다면 배운 사람에 속할 것이기 때문이다. 하여 각 자치구 주민들을 지휘하고 관리할 업무를 배당받게 될 것이다.

"흐음! 괜찮은 생각인 거 같네. 주영이 녀석 오면⋯ 에구, 아니다! 이건 이준섭 부장에게 연락해 봐야겠다."

이때 문득 떠오르는 아이디어가 있다.

천지기획 이준섭 인사부장이 수장이 된 '이실리프 브레인'이라는 부서의 신설이다. 이실리프 상사 회장 직속이다.

주영은 사람 뽑는 일에 넌덜머리를 내는 중이다. 일도 많은데 모든 면접에 참석하려니 그렇다.

반면 이준섭 부장은 천지건설에 재직하는 내내 인사부에 있었다. 다시 말해 사람 뽑는 일에 관한 전문가이다.

이 부장이 나서서 각 계열사에 맞는 인재들을 뽑아서 보내주는 것을 생각한 것이다.

"흐음, 한번 만나봐야겠군. 그러려면 상당히 큰 건물이 필요하겠네. 직원도 꽤 있어야 하고."

이 부장을 보좌할 직원도 상당수 필요하다.

필요하다면 새로 뽑은 사람들 전체를 도열시켜 놓고 절대 충성 마법을 걸어야 할 일도 있을 것이다.

이때 사용할 강당 같은 것도 필요하다.

순간순간 아이디어가 현수의 뇌리를 스친다. 즉시 자리에서 일어나 다이어리를 펼쳐 들었다.

그리곤 주요한 것들을 메모했다. 하도 일이 많고 바빠서 까딱하면 잊고 지나기 일쑤이기 때문이다.

아무리 머리가 좋아졌어도 이러하다. 설날을 잊고 지나간 것이 대표적인 일이다.

"그나저나 이 부장님은 사람을 얼마나 뽑아놓았을까?"

지난 1월 13일에 이준섭 부장을 천지건설로부터 스카우트했다. 천지기획 인사부장으로 자리를 옮길 때 상당히 많은 인재가 필요하니 분야별로 뽑아달라고 했다.

이후 만나질 못했다. 이 부장도 아직 보고가 없다. 그렇기에 어떻게 일이 진행되었지 알 수 없다.

생각났을 때 바로 처리하는 것이 좋다. 안 그러면 또 잊어

버리기 때문이다. 하여 전화기를 들었다.

"여보세요!"

"아, 사장님. 인사부장입니다."

현수의 전화에 이준섭 부장이 반색한다.

"네, 참 오랜만이죠? 그간 정신없이 바빴습니다."

"네, 그러시죠. 언론을 통해 얼마나 바쁘셨는지 압니다."

"조금 있다 회사로 갈 겁니다. 바쁘셔도 잠깐 봬요."

"네, 그럼요. 도착하시면 연락주세요."

이 부장과의 통화를 마치곤 노트북을 부팅시켰다. 메일이
왔다는 표시가 있어 클릭하고 들어갔다.

홍진표 의원으로부터 온 것이다.

김현수 사장님께.

보내준 메일은 잘 받았습니다.

요즘 조금 바빠서 확인이 늦었습니다. 양해 바랍니다.

그나저나 우리가 마지막으로 본 게 1월 21일입니다. 두 달도
안 지났는데 그사이 엄청난 거물이 되셨더군요.

진심으로 감축드립니다.

보내주신 증거 자료는 여전히 검토 중입니다.

분량도 많고 내용도 방대하여 한 달 이상 지났지만 아직도 다
보지 못했습니다.

이 건에 대해서는 조만간 회동이 있어야 할 듯합니다.

그리고 여성가족부 해체에 대한 저의 의견은 당연히 찬성입니다. 국방장관께서 특별담화문을 발표하던 날 곧바로 트위터에 제 의견을 올린 바 있습니다.

조속한 시일 내에 다시 만나기를 바랍니다.

참, 후원회 홈페이지는 정상화되었습니다.

관심 가져주어 고맙습니다.

늘 대면하여 대화를 하다 글로 만났는데 조금 달라진 듯하다. 이전엔 말을 놓았는데 전혀 그렇지 않기 때문이다.

국내외에서 현수가 이루어낸 것이 워낙 크니 그에 대한 대접의 의미인 듯하다.

현수는 홍 의원의 트위터로 들어가 리트윗을 했다. 그리곤 자신의 마음을 담담히 서술해 놓았다.

안녕하세요? 김현수입니다.

저는 우리 사회를 이끄는 참 정치인 홍진표 의원님의 의견에 적극 동조합니다.

여성가족부는 본래 좋은 의미로 탄생되었을 것이라 짐작합니다. 하지만 이 부서는 현재 예산 낭비, 무분별한 규제, 편파적인 차별, 어처구니없는 일의 추진 등을 일삼는 곳이 되어버렸습니다.

그리고 국민이 낸 세금으로 운영되지만 대다수 국민의 뜻에 반하는 정책을 만들어 국민의 뜻에 역행하고 있습니다. 따라서 즉각 해체되는 것이 옳다고 생각합니다.

국방부와 육·해·공 3군은 국방을 책임지고 있습니다.

그리고 대통령의 지휘를 받고 있습니다.

이 일로 대통령은 국방장관을 경질시킬 수도 있습니다. 또한 3군 참모총장님을 강제 예편시킬 수도 있겠지요.

그럼에도 같은 국가기관의 해체를 용기 있게 부르짖은 점에 대해 깊은 감명을 받았습니다.

국민투표가 실시될지의 여부는 저도 모릅니다.

그렇지만 분명히 말씀드릴 것은 투표가 실시될 경우 저는 분명히 여성가족부 해체에 한 표를 던질 것입니다.

많은 분이 저와 같은 뜻이길 바라며 이만 줄입니다.

—천지건설 김현수.

트위터에 글을 올리고 커피 한 잔을 마셨다.

그리고 되돌아왔을 때 현수가 남긴 글은 300회가 넘는 리트윗이 되고 있었다. 5분도 안 된 시간이다.

그리고 그 숫자는 계속해서 늘고 있었다.

김현수님이 드디어 입을 여셨다.

여성가족부 해체에 동의한다는 말씀에 전적으로 동의합니다. 앞으로도 국가발전을 위해 많은 노력 기울여 주시기 바랍니다.

—흑석동 달타냥.

김현수님의 뜻에 따라 저도 해체에 한 표 던지겠습니다.

—마산 물텀벙.

만세! 만세!

김현수님의 한 말씀에 해체 표가 단번에 5ㅁㅁ만 표는 늘어날 겁니다. 심지어 여자들도 찍겠지요?

—동해 배트맨.

김현수님에게 실망했어요. 여성가족부는 남성과 여성의 성 평등을 위해 노력하는 부처입니다.

—서초동 마녀.

골빈 년들의, 골빈 년들에 의한, 골빈 년들만을 위한 여성가족부가 성 평등을 위해 일한다고? 헐이다!

—제주도 물개.

계속해서 숫자가 늘면서 네티즌의 의견이 달린다. 거의 모두 여성가족부 해체에 찬성한다는 내용이다.

그중 눈에 띄는 몇 개가 있다.

김현수님! 저도 님의 뜻에 찬성합니다. 그리고 저 오늘 이실시프 뱅크에 지원합니다. 꼭 합격시켜 주십시오. 벌써 3년째 백수로 지냈습니다. 편의점 알바 지겹습니다.

　　　　　　　　　　　　　　　　　　　　—동자동 최호준.

　작년에 다니던 은행에서 나가라고 하더군요. 지금까지 PC방 알바하면서 연명합니다. 저도 붙여주십시오.

　　　　　　　　　　　　　　　　　　　　—대전 이필성.

　취업을 하려 해도 받아주는 데가 없어 요즘은 폐지를 줍고 있습니다. 전직 지점장이 이러니 다른 분들은 어떨까요? 나이가 많기는 하지만 아직 일할 수 있습니다. 저도 지원할 테니 꼭 합격시켜 주십시오.

　　　　　　　　　　　　　　　　　　　　—중곡동 정찬필.

　닉네임이 많은데 이실리프 뱅크에 관한 의견은 전부 실명이다. 현수는 나직이 웃었다.

　그리고 이들의 이름을 모두 메모해 두었다. 행동하는 자만이 바라는 걸 얻을 수 있다는 교훈을 주기 위함이다.

　특정 종교에 심취해 있거나 특정 사이트 회원이 아니라면 뽑을 생각이다.

　이들의 경우는 국사 시험 성적이 나쁘면 가르칠 생각이다.

　세월이 지나면 『행동하는 양심』으로 성장할 수 있는 사람이 될 것이라 평가한 것이다. 하여 일일이 확인하여 이름을 기록하고 일어서려는 데 전화기가 진동한다.

부우우웅, 부우우우웅~!

번호를 확인하니 주영에 의해 발목 부위에 부상을 당한 오리지날 팀 수비수 이영식이다.

"으음, 상처가 덧나기라도 했나? 주영이에게 연락하다 안 돼서 내게 한 건가?"

주영은 현재 신혼여행 중이다. 친구로서, 동승자로서 문제가 생겼다면 당연히 대신해서 해결해 주어야 한다.

"여보세요. 영식 씨?"

"아! 김현수 사장님, 안녕하세요? 저 이영식입니다. 혹시 기억하세요?"

"그럼요. 오리지날팀 수비수잖아요."

"하, 고맙습니다. 기억해 주셔서."

"네, 근데 발목은 괜찮으세요? 그리고 무슨 일 있으세요?"

"발목은 아직 다 낫지 않았습니다. 그리고……."

현수는 영식과 통화를 하며 이맛살을 찌푸렸다. 내키지 않는 일을 해달라는 부탁을 받았기 때문이다.

요약하면 이렇다.

지난번 시합 후 오리지날 팀은 상금 1,000만 원을 받았다.

거의 모든 사람이 회식한 후 남는 돈을 나눠 가졌을 것이라 생각한다. 하지만 오리지날 팀은 그러지 않았다.

상금 전액을 팀이 후원하고 있는 소년소녀가장을 위한 기금으로 적립한 것이다. 좋은 일에 쓴다니 현수는 흔쾌히 찬성했을 뿐만 아니라 상금의 열 배를 쾌척[1]했다.

부상을 당한 영식의 직업은 타일공이다. 그것도 숙련된 기술자라 하루 일당이 18~20만 원 정도 된다고 한다.

그런데 발목을 다쳐 2주 정도 작업을 못한다.

따라서 252~280만 원쯤 손해를 입는다. 그럼에도 단 한 푼의 보상금도 받지 않겠다고 하기에 미안한 마음뿐이다.

하여 기꺼이 성금을 보탠 것이다.

그런데 전화가 걸려왔다.

한국 사회인 축구대회 우승팀에게 일본 사회인 축구 우승팀이 도전장을 던져왔다는 것이다.

물론 영식은 아직 출전할 수 없다. 그러므로 현수에게 한 번만 더 대신 뛰어달라는 요청이다.

지난번 대회의 한국 주최 측은 일본 쪽과 합의하여 총상금 2억 원짜리 시합을 추진했다고 한다.

단판 승부이며 경기장은 도쿄국립경기장이다.

한일전이라 TV로 생중계된다고 한다. 물론 현수가 출전할 확률이 매우 높다는 의견이 있었기 때문이다.

---

1) 쾌척(快擲) : 금품을 마땅히 쓸 자리에 시원스럽게 내놓음.

다른 건 몰라도 한일전만큼은 반드시 이겨야 하는 게 한국인의 정서이다. 물론 현수도 그중 하나이다.

그렇기에 내키지 않았지만 일정을 물었다.

"3월 8일, 이번 주 토요일 오후 3시입니다. 경기 전에 행사 같은 거 하고 나면 본 게임은 5시쯤 시작될 겁니다."

"헐!"

90분짜리 경기가 끝나고 나면 양쪽 모두 술판이 벌어질 시각이다. 이기면 기분 좋아서 한잔하는 것으로 끝나지만 지면 술안주가 되어 씹히게 된다.

"연예인들이 와서 행사도 한답니다."

"……!"

현수가 대꾸하지 않자 영식은 말을 이으라는 뜻으로 받아들인 듯하다.

"카라도 오고, 애프터스쿨도 온답니다."

"아, 네."

"부탁드립니다. 저 대신 딱 한 경기만 더 뛰어주십시오."

"휴우! 알겠습니다. 그러지요."

이번 경기엔 야로가 있다.

일본 사회인 축구대회 관계자는 현수의 경기를 보지 못한 상태에서 한국에서 보낸 팩스를 받았다.

한국 측 기업은 경기 후 서버가 다운되는 몸살을 앓았다.

돈도 별로 안 들였는데 현수가 나타나 최고의 홍보가 이루어진 것이다. 초특급 탤런트 등을 모델로 한 광고보다도 훨씬 더 좋은 효과가 있었다.

회사는 한국 축구를 적극적으로 후원하는 기업이라는 이미지를 얻었다. 뿐만 아니라 현수 덕에 아주 긍정적인 시선을 얻게 되었다.

어쨌거나 홍보담당은 꾀를 부려 일본에 팩스를 보냈다. 상대가 받아들이면 좋고 안 되면 본전이라는 심정이다.

아무튼 2013 일본 사회인 축구대회 우승팀은 역대 최강이라는 평가를 받았다. 빼어난 선수들이 많이 있었던 것이다.

하여 일본 쪽 관계자는 한국의 코를 납작하게 해주려 즉시 찬성한다는 공문을 보내왔다.

그런데 나중에 경기를 확인해 보곤 대경실색한다.

현수의 실력이 무시무시했던 것이다. 하여 없었던 일로 취소하려 했는데 그러지 못하게 되었다.

일본 국가대표 감독인 자케로니가 어떻게 알았는지 경기를 그대로 추진했으면 좋겠다는 의견을 보내왔다.

현수가 한국 국가대표 축구팀 선수로 발탁될 확률이 매우 높다고 판단한 때문이다.

월드컵 16강에 들면 한국과 만날 수 있기에 코앞에 놓고 현수의 실력를 분석하기 위해 경기를 하라는 것이다.

사회인 축구 관계자는 일본 국가대표 팀에서 정식으로 보낸 공문을 무시할 수 없어 눈치만 살폈다.

　2013년 우승팀이 강하긴 하지만 현수가 있는 팀을 상대하기엔 역부족이라 판단한 때문이다.

　붙어봐야 질 게 뻔하니 하고 싶지 않았던 것이다.

　그러던 차에 누군가 꾀를 냈다.

　프로팀 2군 선수 중에서 1군에 올라갈 실력을 갖추었지만 알려지지 않은 선수들로 일부 교체하자는 것이다.

　이렇게 하여 열한 명의 엔트리 중 다섯 명이 프로선수로 대체되었다. 2군에 있지만 1군 선수 못지않은 기량을 가진 자들이다.

　나머지는 각 포지션에서 가장 경기력이 좋은 선수들로 교체되었다. 타 팀의 에이스까지 불러 모은 것이다.

　그 정도면 승리할 것이라 여겼기에 도쿄국립경기장으로 장소를 정했다.

　이곳은 일본 축구의 성지이다. 매년 일왕배 결승전이 치러진다. 총 5만 559명을 수용할 수 있는 곳이다.

　이길 것이라 생각했는지 대대적인 선전을 하여 거의 모든 표가 팔리게 된다.

　반면 한국엔 조금 늦게 알려진다. 그 결과 교포 위주의 소규모 응원단만 입장하게 된다.

경기 당일, 한국 응원석은 654석밖에 되지 않고 나머지는 전부 일본 응원단이다. 당연히 일방적인 응원이 된다.

자케로니 일본 대표팀 감독은 물론이고 홍명보 감독과 러시아, 벨기에, 알제리의 대표팀 감독도 긴급히 자리한다.

뿐만이 아니다. 월드컵 본선에 오른 거의 모든 팀 감독과 코치들도 자리한다.

현수의 경기를 보고 심각성을 느낀 때문이다.

여기에 영국의 프리미어리그, 독일의 분데스리가, 스페인의 프리메라리가, 그리고 이탈리아의 세리에 A 스카우터까지 관중석에 앉는다.

물론 현수를 보러 온 것이다.

이들 앞에서 현수는 경기 시작 12초 만에 무회전 킥으로 일본의 골망을 흔드는 모습을 보여준다.

하프라인을 넘기도 전에 갈긴 강력한 슛이다.

살아 있는 뱀처럼 허공을 유영하던 공이 왼쪽 탑 코너로 손쓸 틈 없이 쑤시고 들어가 버린다.

원사이드 게임을 기대하며 한껏 달아올랐던 경기장은 순식간에 찬물을 끼얹은 듯 조용해진다. 그리고 일본 관중들은 경기가 완전히 끝날 때까지 탄식만 터뜨린다.

전광석화와 같은 돌파에 이은 무시무시한 슈팅, 수비수를 완전히 바보로 만드는 현란한 페인트 모션.

그리고 절묘한 헛다리짚기로 수비수 스스로 쓰러지게 만든 뒤 유유히 공을 몰고 들어가는 현수 때문이다.

그러는 동안 '자로 잰 듯한 패스는 이런 것이다'를 확실하게 보여준다. 패스 성공률은 100%이고, 단 한 번도 공을 빼앗기지 않는다.

본선에 오른 팀 감독 및 코치들의 얼굴이 굳어진다.

호날두, 메시, 즐라탄, 램파드를 다 합친 것보다도 월등한 기량을 가진 선수를 보았으니 긴장할 수밖에 없는 것이다.

현수가 본선 무대에 오른다면 승리를 장담할 수 없다.

하여 경기가 녹화된 비디오테이프가 늘어질 때까지 보고 또 보지만 결점이 없다.

드리블, 돌파력, 패싱 능력, 슈팅, 심지어 프리킥까지 어느 것 하나 부족한 것이 없다. 게다가 상대가 아무리 교묘한 태클을 걸어도 모조리 피해 버린다.

전 세계 어떤 축구선수보다도 뛰어나다.

하여 영원한 우승 후보인 브라질은 준우승으로 목표를 하향 조정한다. 이건 브라질 국민도 동의한다.

20세기 최고의 축구선수로 일컬어지는 펠레가 자신조차 비교할 수 없는 기량이라고 언급한 때문이다.

축구는 분명 혼자 하는 경기가 아니다.

그럼에도 이런 결정을 내리는 이유는 현수 혼자 브라질 대표선수 열 명을 모두 제치고 골을 넣을 실력을 가졌다는 것을 인정했기 때문이다.

영국, 독일, 스페인, 이탈리아 등 프로 리그를 운영하는 국가의 스카우터들은 일제히 눈을 번쩍 뜬다.

21세기 축구황제라 일컬어지는 호날두나 메시를 영원한 2인자로 내려앉힐 선수를 발견한 때문이다.

2012년에 리오넬 메시는 91골 22도움을 기록했다. 2013년에 크리스티아누 호날두는 69골을 17도움을 기록했다.

스카우터들은 현수가 어느 팀에서 뛰건 이런 기록을 가볍게 갈아치울 것이라 평가했다.

프리미어리그의 경우는 최소 40경기, 최대 70경기를 소화한다. EPL 1부 리그 최약체 팀이라 할지라도 현수만 스카우트하면 우승은 따 놓은 당상이다.

200골 100어시스트 내지 350골 175어시스트를 하여 영원불멸한 금자탑을 세울 것이기 때문이다.

게임당 5골 2어시스트 꼴이다.

이러고도 지면 그건 축구팀이 아니다. 따라서 당연히 스카우트 전쟁을 벌이려 한다.

그런데 현수가 천지건설에서 받는 급여가 300억 원이다. 연말에 주어지는 성과급은 계산조차 되지 않은 금액이다.

게다가 70세까지 정년이 보장되어 있다는 말에 주춤한다.

뿐만이 아니다. 쉐리엔과 항온의류로 어마어마한 수익을 거두는 중이라는 사실에 경악한다.

결정타는 이실리프 농장, 축산, 농산의 규모이다. 자신들이 사는 나라보다도 더 큰 농장을 운영한다.

영국, 독일, 스페인, 이탈리아 프로 리그 팀 전부를 가진 것보다 더한 부자에게 어떤 조건을 내밀 수 있겠는가!

결국 입맛만 다실 뿐이다. 자신들의 능력으론 감당할 수 없음을 느끼고 발을 빼는 것이다.

아무튼 한일전에서 현수는 3골 4어시스트로 경기를 마감한다. 원맨쇼였고, 최종 스코어는 7 : 0이다.

일본 입장에서는 치욕스런 결과이다.

하여 다음 날 일본 조간 1면엔 치욕스런 패배라면서 선수들을 질타하는 사설이 실린다.

참고로 한국과 일본의 최근 10년간 A매치 결과를 보면 열두 번 만나 3승 6무 3패를 기록했다. 동률이다.

이 가운데 2011년 8월 11일의 친선경기에서 0 : 3으로 한국이 패한 것이 최다 골 차이다.

그 이전의 기록을 보면 1954년 월드컵 예선 1차전에서 한국이 5 : 1로 승리한 바 있다.

1978년 메르데카배에선 4 : 0으로 이기기도 했다.

어쨌거나 1954년 이후 두 나라 간 축구 시합의 결과는 최대가 네 골 차였다. 그런데 그 기록이 깨졌다.

무려 일곱 골이나 먹었다. 그리고 한 골도 넣지 못했다.

일본 국민은 실망할 수밖에 없었다.

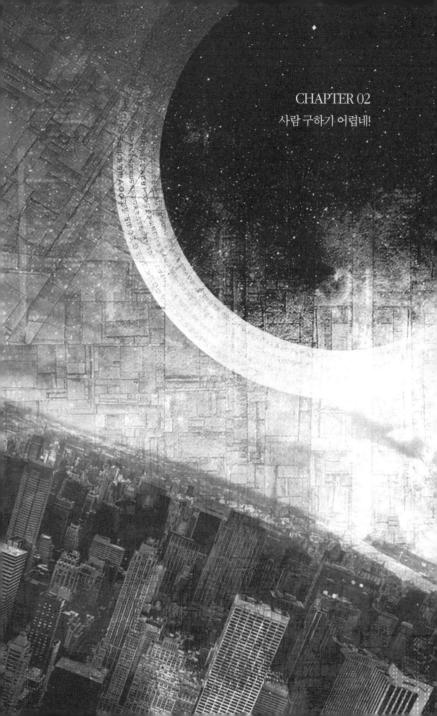

CHAPTER 02
사람 구하기 어렵네!

일본이 출전시킨 사회인 축구팀은 프로선수 다섯 명에 사회인 축구선수 중 최고의 기량을 가진 여섯 명으로 구성된 팀이다.

거의 준 국가대표급이다.

반면 한국은 전원 사회인이다.

타일공, 회계사, 백수, 웹툰 작가, 정비공, 생산직 사원, 은행원, 회사원, 학원 강사, 택시 기사, 건설회사 임원이다.

어느 누구도 프로축구팀에 소속된 적이 없다.

현수가 잘하긴 하지만 축구는 혼자 하는 경기가 아니다.

따라서 현수만 묶어놓으면 된다 싶어 두 명, 또는 세 명으로 하여금 대인 마크를 하게 한다.

그런데 매번 농락당한다.

단 한 번도 현수로부터 공을 빼앗지 못할 뿐만 아니라 본인에게 가는 패스는 번번이 현수에게 차단당한다.

당연히 이길 것이라 생각한 것은 오산이었다.

A매치는 분명 아니다. 하지만 일본 축구의 성지 도쿄국립경기장에서 치러졌으며, TV로 생중계된 게임이다.

일본의 축구 중계 최고 시청률은 2002년 6월 9일에 치러진 한일 월드컵의 '일본 VS 러시아'의 66.1%였다.

이번 경기의 시청률은 66.6%로 역대 최고를 경신했다.

반드시 이길 것이라 확신했기에 일본 사회인 축구선수들이 소속된 회사에서 대대적으로 홍보한 결과이다.

도요타, NTT 도코모, JT, 일본 전신전화, 혼다, 캐논, 소프트뱅크, 스미모토 미쓰이 파이낸셜그룹, 닛산, 미주호 파이낸셜그룹, 타케다 약품공업 등이다.

모두 일본 기업 순위 1~12위에 속해 있는 기업이다. 이들이 이번 시합의 스폰서인 것이다.

기업 서열 3위인 미쓰비시 도쿄 UFJ는 빠져 있다. 뱅크런으로 몸살을 앓는 중이기 때문이다.

아무튼 일본 축구 경기 역사상 최고의 시청률을 기록한다.

A매치만큼 국민의 관심이 지대했기 때문이다.

일본 챔피언이 한국 챔피언을 무참히 꺾을 것이란 예상이 많았으니 그럴 만도 하다. 통쾌함을 기대한 것이다.

그런데 졌다.

그것도 치욕적인 스코어 7 : 0이다.

그래서 일본은 2014년 3월 8일을 국치일로 기록한다.

1년 후, 같은 경기장에서 리턴매치가 열린다.

우승 상금은 20억 원이다. 저쪽에서 판돈을 올린 것이다.

또 대대적인 광고를 하여 도쿄국립경기장은 만원이 된다. 일방적인 응원을 하기 위해 한국엔 늦게 알려줬기에 재일교 포 응원단 수는 극히 적었다.

312명 : 50,247명의 응원전이 펼쳐지는 것이다.

비율로 따지면 1 : 161로 0.6% : 99.4%이다.

이날도 현수는 출전한다. 국민의 염원을 차마 거절하지 못한 것이다. 그리고 다시 3골 4어시스트를 기록한다.

일본이 또 7 : 0으로 깨진 것이다.

경기 후 인터뷰에서 현수는 이렇게 말한다.

"해트트릭만 하면 됐지요. 더 넣을 수 있었지만 안 그랬습니다. 네 골은 동료들의 헌신에 보답하는 패스였는데 운 좋게 들어간 겁니다."

이때 기자가 묻는다.

"만일 김현수 회장님께서 적극적으로 골을 넣으려 했다면 얼마나 더 넣을 수 있었을까요?"

"글쎄요? 한 열네 골 정도 되지 않았을까요?"

"그런 자신감은 대체 어디에서 연유된 겁니까?"

기자의 물음에 현수는 길게 생각해 볼 것도 없다는 듯 대꾸한다.

"상대편 선수들 실력이 너무 형편없었어요. 공을 몰고 나가면 마치 비켜주는 느낌이었습니다. 그런데도 골을 못 넣으면 바보지요."

이 인터뷰를 접한 한국에선 현수가 대놓고 친일 행위를 했다는 질타를 한다. 물론 농담이다.

넣을 수 있으면 더 넣어서 아예 21 : 0 정도로 만들었어야 한다는 것이 대다수 의견이다. 그랬다면 역사책에 기록되었을 것이라며 모두가 아쉬워하는 것이다.

한편, 일본으로선 미치고 환장할 노릇이다.

이들이 내보낸 사회인 축구팀 대표는 전원 프로축구팀 1군 선수들이다.

2014년 월드컵 국가대표팀 선수들로 구성한 것이다. 이 시합을 위해 모두를 1군에서 내보내는 꼼수를 쓴다.

참고로 이날의 시청률은 78.9%이다. 영원히 깨지지 않을 최고의 축구 시청률이다. 그리고 진다.

다음 날 일본 신문엔 이런 기사가 실린다.

3월 8일은 여전히 일본의 국치일이다!

이날 이후 한국과 일본의 사회인 축구팀 간의 교류는 없다. 그리고 일본은 어떠한 일이 있어도 3월 8일엔 축구 시합을 하지 않았다.

생각하고 싶지 않은 치욕 때문이다.

아무튼 현수 입장에선 일본에 자주 가야 한다.

기왕이면 재특회 놈들 집회가 있는 주중이면 좋은데 하필이면 토요일에 경기가 있다고 한다.

하여 아무런 소득도 없이 올 수도 있다.

그럼에도 가겠다는 뜻을 밝혔다. 재특회 놈들은 못 데려와도 내각조사처나 공안조사청은 방문할 수 있기 때문이다.

물론 은밀한 방문이다.

"흐음, 하드디스크를 좀 사야겠군. 외장 하드가 좋겠지?"

지나에서처럼 본체를 다 가져올 수도 있지만 그러지 않기로 했다. 수법이 같으면 언젠가는 꼬리가 밟히기 때문이다.

전화를 끊고는 인터넷에 접속해서 하드디스크를 알아본 뒤 주문했다. 1TB짜리 외장 하드 3,000개이다.

한 군데에서 구매하면 한 사람만 득이 되는 일이다. 그렇기에 열 군데로 나누어 각기 300개씩 주문했다.

이것은 이실리프 무역상사로 배달될 것이다. 콩고민주공화국 이실리프 자치구로 보낸 것으로 처리하기 위함이다.

나중에 문제가 생기더라도 그곳까지 가서 압수 수색할 권리는 어느 누구에게도 없다.

치외법권 지역이기 때문이다.

무력을 사용하여 무리한 진입을 하기도 어렵겠지만 그럴 경우엔 그에 상응하는 강력한 방법으로 대응하면 그만이다.

아마도 침입자는 전원 사살될 것이다.

이에 대한 보복으로 이실리프 자치구를 상대로 공격 내지는 폭격을 할 경우 그 나라 수도는 비티어 스크라이크라는 9서클 마법의 맛을 봐야 할 것이다.

거의 핵폭탄급 피해를 입게 되는 것이다. 뭣하면 도착 즉시 폭발하게 조작된 동풍―21을 보내는 수도 있다.

아무튼 하드디스크를 구입하느라 꽤 많은 돈을 썼지만 그만한 가치가 있는 일이다.

"흐음! 이제 나갈 시간이군."

차를 몰아 천지건설 본사로 향했다. 당연히 경호원들이 따라붙는다. 가는 동안 성남공항에 연락해 두었다.

오늘 오후부터 3대의 F―15K를 개조할 계획이니 준비해 달라는 내용이다.

"아! 부사장님, 어서 오십시오."

박진영 과장이 하던 일을 멈추고 깍듯이 고개를 숙여 예를 갖춘다. 절대충성 마법의 결과이다.

"아제르바이잔 계약 건은 어떻게 되었습니까?"

"그제 사장님께서 가셨습니다. 아마 지금쯤 계약서에 사인하고 계실 겁니다."

박진영 과장은 이번 계약에 공이 있음을 인정받았다. 하여 정기 인사 때 차장 진급을 약속받았다.

곧 차장이 될 예정인 것이다.

최연소라는 타이틀은 달지 못한다. 현수가 이미 거쳐 간 때문이다. 하지만 최연소 부장이란 타이틀은 아직 남아 있다. 현수가 이걸 건너뛴 때문이다.

연인인 김지윤이 같은 과장이 되자 내심 초조했다. 남자가 여자보다 우위여야 한다는 마초(Macho)맨인 것이다.

그런데 진급을 약속받자 기분이 무척 좋아졌다. 하여 요즘은 늘 싱글벙글 입을 다물지 못하고 있다.

지윤이 이실리프 뱅크에서 전무이사 겸 은행장 대리 역할을 맡게 되었다는 사실을 알게 되면 어떤 표정을 지을지 심히 궁금하다.

"계약금 등은 어떻게 되었지요?"

"부사장님께서 말씀하신 대로 172억 달러 수준입니다. 큰 차이는 없을 겁니다."

"흐음, 알겠습니다. 다른 보고 사항 있습니까?"

"네! 강연희 대리가 수집한 자료와 아이디어 목록을 제출했습니다. 제가 보기에 상당히 괜찮았습니다."

"그래요? 한번 보고 싶군요. 가져오세요."

"알겠습니다."

연희가 제출한 포트폴리오[2]를 펼쳐 보는 현수의 입가에 미소가 어린다.

킨샤사 저택에 머무는 동안 놀지 않고 열심히 자료 수집하고 아이디어를 만들어내려 노력한 것이 엿보인 때문이다.

브라질의 예전 수도였던 리우데자네이루에서는 매년 부활절 40일 전부터 삼바 카니발이 개최된다.

지구촌에서 열리는 최대 축제라 할 수 있다.

축제의 꽃인 퍼레이드는 삼바드로메(Sambadrome) 경기장에서 시작하며 700m 길이의 전용 공간에서 펼쳐진다.

전 세계인의 축제치고는 길이가 너무 짧다는 것이 연희의 의견이다. 하여 퍼레이드가 훨씬 더 길게 연장될 수 있도록 신시가지 설계에 반영하라는 것이다.

---

2) 포트폴리오(Portfolio) : 자신의 실력을 보여줄 수 있는 작품이나 관련 내용 등을 집약한 자료 수집철, 또는 작품집.

신시가지를 설계할 때 도로를 연결해 놓으면 더 넓고 더 긴 퍼레이드 공간을 창출해 낼 수 있다.

아울러 각종 테마파크와 축구장 등을 단지 외곽에 건설하자고 한다. 단지 내 주민에겐 무료이용권을 주고 외부인들에겐 입장료를 받아 단지의 관리비를 충당하자는 의견이다.

서울을 예를 들자면, 마포구 전체를 재개발하면서 곳곳에 테마파크, 수영장, 놀이동산, 동물원, 경기장 등을 조성한다.

마포구민은 연 5회 이곳을 무료로 이용할 권리를 갖는다. 하지만 외부인은 소정의 입장료를 내야 한다. 그리고 구민이라 할지라도 6회째부터는 돈을 내야 한다.

이렇게 하여 얻어진 수익금은 모두 마포구 아파트의 관리비로 사용된다.

주민들은 부족분만 내면 되므로 부담이 줄어든다.

무료이용권은 판매할 수도 있으므로 테마파크 등을 즐기지 않는 사람은 돈을 벌 수도 있다.

이 밖에 주민들만 이용하는 놀이터와 축구장 등을 조성해 주민들이 마음껏 즐기도록 하자고 한다.

대신 고층화 전략을 쓰자는 의견이다.

높이 지어 필요한 가구 수는 충족시키면서 공지를 늘리는 개념이다.

그러면서 다양한 이미지를 붙여놓았다.

천지건설 업무지원실에서 수집한 자료뿐만 아니라 본인이 영국을 돌면서 찍은 사진도 다수인지라 제법 두툼했다.

다른 건 몰라도 외곽에 테마파크 등을 건설하여 수익을 창출해 내자는 아이디어는 좋았다.

'집에 가면 뽀뽀 한번 진하게 해줘야겠군.'

확실히 집에서 살림만 하기엔 아깝다는 생각이다.

"흐음, 뭔가 일을 줘야 할 텐데……. 여기보단 킨샤사에 오래 있을 테니. 흐으음!"

연희는 디자인 쪽엔 특화된 재능이 있는 듯하다.

"아! 그래, 맞아! 내가 왜 그 생각을 못했지?"

앞으로 엄청나게 많은 도시를 조성해야 한다. 그것의 전체 디자인은 한창호 건축사사무소에 의뢰할 것이다.

그것들 전반에 걸친 아이디어를 연희에게 맡겨보는 것도 괜찮겠다는 생각이다.

연희는 디자인에 관한 한 탁월한 식견 및 재능이 있다.

게다가 상당히 많은 예술적 가치를 지닌 건물들을 보아왔고, 자료를 축적해 놓았으니 충분히 가능한 일이다.

실제로 연희의 의견은 상당히 많이 반영된다.

러시아, 몽골, 콩고민주공화국, 우간다, 케냐에 한옥마을이 만들어지기도 하고, 프로방스 마을 같은 곳도 조성된다.

어떤 곳엔 고대 로마의 기분이 느껴지는 시가지가 조성되고, 또 다른 곳은 고구려 수도에 온 듯한 분위기를 연출한다.

"형도 만나봐야겠군. 근데 조 대리님이 자리에 있으려나?"

쇠뿔은 단김에 빼야 한다. 연희의 포트폴리오를 정리하곤 곧바로 사장실로 향했다.

"어머! 어서 오세요, 부사장님."

"하하, 네."

"사장님 안 계신 거 모르세요? 아제르바이잔에 가셨는데……."

"알아요. 오늘은 조 대리님 보러 왔어요."

"저요? 어머, 왜요?"

눈을 동그랗게 뜨는데 참 아름답다. 창호 형에게 소개시켜 주길 잘했다는 생각이 든다.

"이따 형이랑 같이 식사나 하자구요. 혹시 약속 있어요?"

"부사장님이 쏘시는 거죠?"

"그럼요. 퇴근하는 길에 같이 나가요. 참, 가다가 백화점에 들러도 되죠?"

"네? 백화점엔 왜……?"

조 대리는 무슨 뜻이냐는 표정이다.

"결혼식 날짜 정해졌으니 이제 양복 한 벌 해주셔야 하는 거 아니에요? 제가 소개해 드렸잖아요."

"아! 네, 그래요. 이따 사드릴게요. 고르세요. 단, 대리 월급 얼마 안 되는 거 아시죠?"

말은 이렇게 했지만 조인경은 급 당황한 표정이다.

생각지도 못한 지출 때문이다. 그리고 요즘 남자들 양복이 결코 저렴하지 않다. 비싼 건 몇 백만 원이나 한다.

"하하, 네. 가급적 싼 걸로 고르겠습니다."

"⋯⋯!"

조 대리는 대꾸하지 않았다. 대체 양복 값으로 얼마나 나갈까 생각하는 중이기 때문이다.

"그럼 수고하세요. 형에게 연락하는 건 조 대리님이 책임지시구요."

"네? 아, 네, 알았습니다."

조 대리는 조신하게 고개를 숙이며 비서실을 나가는 현수의 등을 바라보고 있다.

'그래, 까짓 게 얼마나 하겠어? 부사장님 덕에 창호 오빠가 떼돈 번다는데.'

아디스아바바 천지약품 단지 전체에 대한 설계비만 해도 상당하다. 그리고 러시아 등에 개발할 이실리프 자치구는 대한민국보다 크다. 설계할 일이 얼마나 많겠는가!

그 모든 것에 대한 권한이 현수에게 있다.

공짜로 일 시켜먹을 사람은 결코 아니다.

그렇기에 제아무리 비싼 양복을 고르더라도 기꺼이 값을

치를 생각이다.

'참, 내 카드 한도가 얼마나 남았지? 전화해서 한도부터 늘려야겠네. 창피한 꼴 당하기 전에.'

조 대리는 창호보다 카드사에 먼저 전화를 걸었다.

"아이고! 어서 오십시오, 부사장님!"

"안녕하세요?"

현수가 자재과에 들어서자 모두가 일어서며 인사한다. 사수이던 곽인만 대리도 그중에 있다.

"사수, 얘기 좀 해요."

"……!"

대꾸 대신 접견실을 눈짓한다. 직원들이 있으니 존댓말을 써야 하는데 그때마다 그러지 말라는 소리를 듣기 때문이다.

자리를 옮기자 그제야 입을 연다.

"오늘은 웬일로 행차한 거야?"

"아무리 바빠도 가끔은 회사에 나와야지요."

"고맙다. 아제르바이잔 거 터뜨려 줘서. 덕분에 우리 자재과 업무량 따블 됐다."

농담이다. 하지만 일에 치어 사는 걸 보면 미안하기도 하다. 하지만 어쩌겠는가! 그게 직장인의 숙명이다.

"조만간 터뜨릴 게 또 있는데 어쩌죠?"

"헐! 또 있어? 하여간…….."

"사수, 사수가 날 좀 도와줘야겠어요. 근데 그러려면 천지건설 그만둬야 하는데 괜찮겠어요?"

"꼭 그만둬야 할 수 있는 일이야?"

"네, 국외에서 해야 하는 일이라 그래요."

현수는 인재 부족을 겪는 중이다. 하여 곽 대리도 데려다 쓰려는 것이다.

"끄으응! 알았어. 일단 마누라하고 상의해 볼게."

"그래요. 대신 근무 여건이나 급여는 여기보다 더 나을 거예요. 그리고 거래처 사람들 중에서 괜찮은 사람 있으면 생각해 두세요."

"…얼마나 많은 사람이 필요한데?"

"다다익선이에요. 대신 쓸 만해야 해요. 그리고…….."

이실리프 그룹사 직원이 되기 위한 조건을 이야기하자 고개를 끄덕인다. 일리 있는 생각이라 여긴 것이다.

"알았어. 최대한 많이 구해볼게. 근데 정말 다다익선이야? 한, 1,000명쯤 골라도 돼?"

"네, 10만 명이라도 고용할 거예요."

"뭔데? 대체 뭘 터뜨리려고 그러는 거야?"

곽 대리가 빨리 털어놓으라는 표정을 짓는다. 할 수 없이 몽골에 새로운 조차지가 생김을 이야기했다.

"이런 미친! 도대체 얼마나 크게 일을 벌이려고 그래? 러시아와 콩고민주공화국에서도 그만한 걸 얻었다며? 그런데 이것까지 합치면 한반도 전체보다도 크잖아?"

"그렇겠지요. 아무튼 아직은 비밀이에요. 저쪽에서 발표할 때 같이할 생각이니까요. 그러니 사수만 알고 계세요."

"헐!"

더 이상 놀랄 기력도 없다는 듯 나지막한 침음만 낸다.

이때 전화기가 진동한다.

부르르릉, 부르르릉!

번호를 보니 엄 국장이다.

"사수, 가야 해요. 그런 줄 알고 일 추진해 줘요."

"그려, 알았어."

자재과를 나온 현수는 회사 근처 카페로 이동했다.

엄규백 국장이 구석에 앉아 있다 손을 흔든다. 가까이 다가가니 자리에서 일어선다.

"어서 오십시오, 회장님."

"네, 앉으세요."

자리에 앉아 커피를 주문하곤 잠시 주변을 살폈다.

"이곳은 안심하셔도 됩니다. 이 카페는 우리 이실리프 정보에서 운영하는 거니까요."

"아, 그래요?"

"네, 지시 사항부터 말씀해 주시죠."

"그러죠. 현재 확보된 인원 전체를 모이게 하는 데 시간이 얼마나 걸리겠습니까?"

"현장에 파견된 직원도 있고 하니 사흘은 주셔야 합니다."

"그래요? 그럼 3월 9일 오후 6시에 전원 천지건설 강당으로 집결시켜 주십시오."

"알겠습니다. 지시대로 하죠."

엄 국장은 크게 고개를 끄덕인다.

"지금부터 말씀드리는 건 믿을 수 있는 대원들만 동원해서 은밀히 알아봐 주십시오."

"네, 말씀하십시오."

"우선은……."

현수가 지시한 내용은 다음과 같다.

2013년, 대한민국은 역사 교과서 채택 때문에 시끄러웠다.

그중 하나가 말도 안 되는 역사 왜곡은 물론이고 독재를 찬양했으며, 친일과 친미를 대놓고 찬미한 때문이다.

잘못된 내용을 요약해 보면 다음과 같다.

1. 근현대사 부분에서 적극적으로 친일파를 미화했다.

2. 일제의 침략전쟁을 정당화하였으며, 일본 덕에 발전했다는

식민지 근대화론을 주장했다.

3. 식민지 경영과 전쟁 과정에서 일제가 일으킨 학살, 고문, 탄압 등을 축소해서 기술했다.

4. 독립운동을 테러 활동으로 폄훼했다.

5. 역사적인 사실을 잘못 기재한 곳도 있다.

6. 사건이 일어난 연도를 틀리게 기술하였다.

7. 자료 사진을 불법으로 인터넷에서 퍼왔다.

8. 누군가 인터넷에서 짜깁기한 근거 없는 글을 출처도 기재하지 않고 실었다.

9. 독립운동의 공을 독재자 이승만에게 몰아주기 위해 김규식, 김구 등의 독립운동을 이승만의 것으로 왜곡했다.

10. 현재 한·일 간 논란이 되고 있는 영토 분쟁을 일본의 입장에서 서술했다.

11. 일제의 조선 침략을 정당화하는 질문을 교과서에 삽입하였다.

12. 박정희가 일으킨 군사 반란을 미화하기 위해 특정 자료를 일부러 뺐다.

13. 민주화운동에 대한 설명을 축소했다.

학자들 조사에 의하면 중대 오류만 최소 298곳인 몰상식한 역사 교과서이다. 하여 이에 대한 수정을 요구가 거셌지만 고쳐지지 않았다.

현수는 집필진 명단과 위치, 그리고 그들의 사진을 요구했다. 집필자 명단에는 끼어 있지만 '잘못된 판단을 하여 괴롭다'는 심경을 토로한 교사는 제외이다.

현수는 이들을 지옥도에 데려다놓을 생각이다.

죽을 때까지 고통과 고생을 겪으라는 뜻이다.

반성은 바라지도 않는다. 이런 자들의 반성은 일고의 가치도 없기 때문이다.

교과서를 최종적으로 검정 승인한 교육부 관계자들도 당연히 조사 대상이다. 누가 승인에 참여했으며 찬성표를 던졌는지 확인하라고 했다. 이들에게 압력을 넣을 수 있는 장관이나 차관도 예외는 아니다.

교육부는 각 출판사에서 만든 역사 교과서를 최종적으로 검정 승인하는 권한을 가진 국가기관이다.

그리고 역사 교과서는 후대를 이을 학생들의 의식에 상당한 영향을 미친다.

역사 인식 및 국가관 정립 등에 아주 중요한 요소이기 때문이다. 따라서 지극히 엄정하면서도 공정한 잣대로 검정 절차에 임해야 한다. 그런데 그러지 못했다.

왜곡된 교과서에 대한 승인은 누가 봐도 이상했다.

따라서 교육부 관계자를 가장 엄격하게 조사해 달라고 요청했다. 왜곡된 역사 교과서를 만든 자들보다 이를 승인해 준 자들이 더 악질이라 판단한 것이다.

그렇기에 장관부터 가장 말단까지 단 한 명도 빼놓지 말고 철저히 조사하라고 지시했다. 교육감도 당연히 포함된다.

20여 개 고등학교가 이 교과서를 채택했다가 거센 반발에 밀려 선정을 철회한 바 있다.

교과서를 채택하는 데 관여한 자들도 당연한 조사대상이다. 스스로 친일파임을 드러냈으니 용서할 수 없었다.

직급에 밀려 할 수 없이 고개를 끄덕인 교사는 제외이다.

재단 이사장을 비롯한 이사들과 교장, 교감 등을 샅샅이 조사하라 지시했다. 이들 역시 지옥도 행으로 결정되었다.

다음은 이 책을 출판한 출판사 관계자이다.

이들은 국민의 거센 비판을 영업 방해라 외쳤다. 국가의 미래보다 자신들의 알량한 이익을 더 중요시한 자들이다.

당연히 용서할 수 없다.

국회의원 가운데에는 **'대한민국 건국을 긍정하는 교과서가 자칫 출판조차 좌절될 뻔한 것을 우리가 막았다'** 라고 이야기한 자가 있다.

그는 자신이 속한 여당에서 왜곡된 역사 교과서를 출판하는 출판사를 보호하지 않는다고 화를 낸 자이다.

일제강점기인 1941년은 태평양전쟁이 한창이었다.

당시 윤치호 계열이 설립한 『흥아보국단』과 최린, 김동환 계열이 설립한 『임전대책협의회』라는 단체가 있었다.

그해 9월 두 단체가 통합되어 하나가 되었다. 조선임전보국단(朝鮮臨戰報國團)라는 것이다.

이 단체의 성향은 설립 취지문 일부와 강령으로만 봐도 알 수 있다. 다음이 그중 한 대목이다.

반도 민중은 특별지원병 외에 병역에 복무할 명예를 가지지 못한다. 따라서 무한한 황은에 만분의 일이라도 보답하기 위해 국민운동의 강력한 기관으로서의 단체를 설립한다.

조선임전보국단은 한마디로 왜놈들의 앞잡이인 친일파들이 모여서 만든 개만도 못한 단체이다.

그리고 역사 교과서를 출판할 수 있도록 압력을 넣은 그 국회의원의 애비는 조선임전보국단 대구지부 상임이사였다.

한마디로 친일파의 자식이 현직 국회의원으로 재직 중이다. 참으로 통탄스런 일이다.

아무튼 이놈은 왜곡된 역사 교과서가 학교마다 뿌려지도록 막후 공작을 벌였다.

당연히 끌고 가서 총알개미 맛을 보여줘야 한다. 할 수만 있다면 더한 고통을 안겨주고 싶은 것이 현수의 마음이다.

유유상종(類類相從)이라는 말이 있다.

비슷한 놈들끼리 모인다는 뜻이다. 따라서 이놈과 그 주변 인들에 대한 조사를 지시했다.

그리고 이들의 배후인 수구 꼴통들의 핵심 『새빛회』 멤버 전원에 대한 조사도 지시했다.

마지막은 인터넷 상에 이 교과서가 옳다는 댓글을 단 자들이다. 내놓고 친일파임을 인정했으니 그냥 두면 안 된다.

전원 지옥도 대상이다.

인원이 많고 적음이 문제가 아니다.

지위가 높고 낮음도 아무런 관련이 없다. 제아무리 높은 자라도 끌고 갈 생각이다.

이놈들은 국가의 대들보를 갉아먹는 쥐새끼만도 못한 인간들이니 죽을 때까지 고통을 겪어야 한다.

단 하나도 용서할 수 없으므로 병석에 누워 있든 치매에 걸려 고생을 하고 있든 전부 지옥도에 데려다놓을 것이다.

죽고 사는 건 제 팔자이다.

아울러 이들의 자손들이 사회적 성공을 거둘 수 없도록 조치할 것이다. 혹자는 연좌제[3]가 부당하다고 말할 수도 있지만 이 문제만큼은 결코 양보할 생각이 없다.

---

3) 연좌제(緣坐制) : 범죄자와 일정한 친족 관계가 있는 자에게 연대적으로 그 범죄의 형사 책임을 지우는 제도.

현수의 조부는 고향이 이북인 사람이다.

지금은 현 주소로 바뀌었지만 이전엔 평안남도 용강군 대대면 매산리가 아버지의 본적지다.

이곳엔 사신총(四神塚)이 있다.

무용총(舞踊塚)처럼 말을 달리면서 사슴을 뒤쫓는 수렵도가 벽화로 있는 고분이다.

다시 말해 예전엔 고구려 땅이 현수 조부의 고향이다.

고향과 개성을 오가며 장사를 하던 조부는 일제강점기가 되자 스스로 나서서 독립군 전령이 되셨다.

비록 미약한 힘이지만 왜놈들에게 빼앗긴 나라를 되찾기 위해 자원한 것이다.

하여 장사를 하면서 개성과 진남포뿐만 아니라 만주를 오가며 독립군의 밀서를 운반하는 임무를 맡았다.

그러다 친일파의 발고로 왜놈들에게 잡혔다.

조부는 일본군 해주지방 법원 송화지청에서 검사 겸 통역을 하던 악질 이홍규에게 고문을 당했다.

어찌나 지독하게 고신(拷訊)을 했는지 잔인하기로 이름난 쪽발이 순사들조차 고개를 돌릴 정도였다고 한다.

조부는 감옥에서 운명하셨다. 이홍규의 모진 고문을 견뎌내지 못한 것이다.

거적때기에 둘둘 말린 채 인도된 할아버지의 시신은 손톱과 발톱 전부가 빠져 있었으며, 안구까지 적출되어 있었다.

뿐만 아니라 온몸을 인두로 지진 혼적과 채찍 등으로 갈긴 상처로 가득했다.

이걸 본 부친은 너무도 기가 막혀 기절했다고 한다.

그런 다음 날 왜놈들이 들이닥쳐 집안을 풍비박산 냈다. 그 결과 아버지는 제대로 된 교육을 받을 기회가 없었다.

그래서 도시 빈민이 되었던 것이다. 이러한 부친의 영향으로 현수 역시 궁핍한 삶을 강요받아 많은 고생을 했다.

이렇기에 일본에 관련된 일에는 추호도 아량을 베풀 의사가 없다. 치가 떨릴 정도로 분한 마음뿐이기 때문이다.

아무튼 왜곡된 역사 교과서 채택에 찬성 의사를 명백히 한 인사들은 모두 지옥도 대상이다.

적어도 대한민국에선 친일을 하면 패가망신해야 한다.

뿐만 아니라 영원히 사회에서 격리되어 밑바닥 생활을 하며 고통 받다 죽어야 한다.

현수는 이것이 사회 정의라 생각했다.

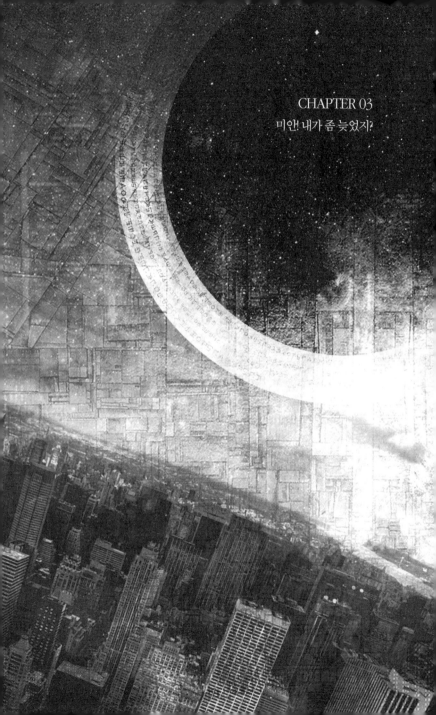

CHAPTER 03
미안! 내가 좀 늦었지?

이실리프 계열사들은 나날이 발전하고 있다. 따라서 현재보다 몸집이 커질 수밖에 없는 상황이다.

이것들은 한국의 모든 기업을 합친 것보다 커질 것이다. 삼성전자 같은 회사보다 수백 배는 더 클 것이기 때문이다.

그러는 동안 친일파 및 그 후손들은 철저히 배격된다. 친일에 동조하는 자들도 마찬가지이다.

이실리프 그룹사 직원으로 뽑지 않는 건 당연한 일이다.

앞으로 수없이 많은 회사들이 거래처가 되길 원할 것이다.

그중 친일파의 후손이 직원으로 있는 곳과는 거래하지 않겠다는 뜻을 밝힐 것이다.

암암리에 하는 일이 아니다.

직원 모집을 하든 거래처 모집을 하든 친일파에 관한 내용은 항상 언급된다.

현재에도 쉐리엔과 듀 닥터 등은 일본에 수출되지 않는다. 스피드가 대량으로 생산되어도 일본엔 팔지 않는다.

앞으로 생산되는 그 어떤 것도 일본엔 공급하지 않는다.

이실리프 그룹에서는 필요한 물건을 구입할 때도 일본제는 사지 않는다. 그들을 배불려 주고 싶지 않음이다.

따라서 이실리프 그룹이 받을 타격은 전무하다.

어쨌든 친일파의 후손을 고용하고 있는 회사들은 이실리프 그룹사와 거래하기 전에 그들 먼저 정리할 수밖에 없다.

그리하여 자연스럽게 사회에서 격리될 것이다.

관공서에 있는 것들은 이실리프 정보에 의해 조사를 받게될 것이다.

비리가 있으면 고발하여 처벌 받도록 조치할 것이다.

그렇지 않은 경우엔 영향력을 발휘하여 국가의 중대한 임무를 부여받지 못하도록 할 예정이다.

현수의 목표는 분명하다.

친일파와 그의 후손들을 발본색원하여 독립유공자의 후손들이 겪고 있는 최하층 빈민이 되도록 하는 것이다.

아울러 다시는 사회적인 성공을 거두지 못하도록 철저한 배격을 계획하고 있다.

친일파의 직계 후손이 국회의원이 되고, 장관이 되며, 대총장과 박물관장의 자리에 앉아 떵떵거리며 사는 꼴을 어찌 두고 보겠는가!

그래서 독립유공자의 자녀들은 상당히 많은 혜택을 줄 계획이다.

채용 시 군필 가산점보다도 훨씬 더 높은 가산점을 주어 우선적으로 고려할 것이다.

하지만 독립유공자의 후손이라 할지라도 특정 종교인과 특정 사이트 회원은 받아들이지 않는다.

현수가 마지막으로 조사를 의뢰한 것은 인터넷에서 친일 발언을 일삼는 자들에 대한 것이다.

모조리 제거해야 할 사회의 좀[4]이라 판단했다.

이들 역시 영원히 사회로부터 격리되는 불이익을 받도록 최선을 다할 것이다. 그리고 이들의 인원이 100만 명이라 할지라도 기꺼이 잡아다 지옥도에 데려다놓을 것이다.

다음에 조사를 의뢰한 것은 외교부에 관한 것이다.

2009년, 필리핀에선 캡틴 김 체포 사건이 있었다. 엑스터

---

4) 좀[Silverfish] : 주택가 주변의 어둡고 습한 곳이나 따뜻한 곳에서 서식하는 곤충. 주로 야간에 활동하며 옷이나 나무로 된 집기를 갉아먹어 피해를 준다.

시라는 마약을 거래하려던 혐의로 붙잡혔다.

본인은 혐의를 완강히 부인했다. 그러면서 우리 대사관에 구해달라는 의사를 전했다.

그러다 2013년 옥중에서 뇌졸중으로 사망했다.

체포된 후 증거도 없는 재판을 받아 종신형을 언도받고 복역 중이었다.

필리핀 경찰은 2009년 피자헛 매장에서 체포했다고 했으나 당시엔 그런 곳이 존재하지도 않았다.

정황을 조작한 재판임이 분명하다.

아무 이유 없이 그를 체포한 경찰은 마구 폭행을 했다. 그리곤 마약을 꺼내 사진을 찍은 뒤 돈을 요구했다.

당연히 거절하였다. 그 결과 재판을 받게 된 것이다.

마약을 거래했다는 결정적 증거는 없었다. 그럼에도 필리핀 법원은 무기징역을 선고했다.

이에 캡틴 김은 외교부와 대사관에 도움을 요청했다.

하지만 아무런 도움도 받지 못하고 교도소에서 숨을 거둔 것이다.

죽기 전 피해자는 정 씨 성을 가진 영사에 대한 원망을 거두지 않았다. 자국 국민을 도와야 할 자리에 있는 자가 임무를 해태5)하고 있음을 지적한 것이다

---

5) 해태(懈怠) : 어떤 법률 행위를 할 기일을 이유 없이 넘겨 책임을 다하지 아니하는 일.

캡틴 김 사망 이후 방송국에서 취재를 하자 외교부는 김 선장을 위해 많은 일을 했다고 발표했다.

하지만 이는 사실이 아니다. 외교부는 아무것도 한 일이 없다. 그 증거로 필리핀 교도소 관계자는 이렇게 말했다.

스페인, 홍콩, 나이지리아, 영국, 지나의 영사들은 적어도 1년에 두세 번은 면회를 온다. 반면 한국은 한 번이 고작이다.

현수는 엄 국장에게 지시했다.

당시 필리핀대사관에 재직 중이던 인물 가운데 이 사건에 대해 알고 있는 자들은 모두 찾으라 하였다.

필리핀 경찰과 법원 관계자도 예외는 아니다.

이들은 모두 지옥도에 버금갈 징벌도에서 죽을 때까지 살인모기에 시달리다 죽을 운명으로 결정되었다.

"알겠습니다. 조사를 마치면 보고드리도록 하겠습니다."

"네, 그럼 수고해 주세요."

엄 국장은 고개를 끄덕이며 물러났다.

어떻게 하려는 것인지는 몰라도 친일파 및 그 후손들을 사회에서 격리하는 건 전적으로 찬성한다.

역사를 왜곡한 교과서에 관여된 자들을 찾아내는 것도 찬성한다.

누가 어떤 짓을 했는지 국민도 알아야 하기 때문이다.

외교부의 뻘짓도 마음에 안 들었는데 다행이다.

어떤 처벌을 받을지는 몰라도 반드시 조사하여 사실을 밝혀내리라 마음먹었다. 그렇기에 부하 중 누구를 골라 조사시킬 것인지를 생각하며 사라졌다.

엄 국장을 보내놓고 현수는 잠시 상념에 잠겼다.

징벌도에 내려놓는 것만으론 처벌 강도가 약하다는 생각이다. 최소한 아서궁(餓鼠宮)에 버금갈 처벌이 필요하다.

아서궁이란 죄지은 자를 관에 넣은 뒤 양팔과 발목을 묶어놓고 굶주린 쥐를 풀어놓는 형벌이다. 쥐의 날카로운 이빨이 살점을 뜯어 먹는 처절한 고통을 느끼게 한다.

'흐음! 뭐가 있을까?'

아르센 대륙의 몬스터를 데려다놓는 방법을 생각해 보았다. 고블린이나 오크가 살점을 뜯어 먹는 장면을 상상했다. 그런데 그것만으론 부족하다.

너무나 쉬운 죽음이기 때문이다.

그러던 중 떠오르는 것이 있다.

지금도 하수관로에서 수많은 쥐를 채집하고 있을 쥐 채집틀이다. 하나당 10만 마리 정도 채집된다.

한 열흘쯤 굶긴 뒤 징벌도에 풀어놓는다.

굶주린 쥐 떼는 발가벗은 인간 죄수들에게 쇄도할 것이다. 굶으면 눈에 뵈는 게 없기 때문이다.

이를 피해 일부는 외부로 나가려 하겠지만 이내 악어나 아나콘다의 먹이가 될 것이다.

인간들이 모두 죽는다면 먹이를 찾아 나선 쥐 또한 악어나 아나콘다의 먹이가 될 것이다.

한국에선 해충에 버금가는 쥐를 박멸하는 효과가 있고, 징벌도에선 죄수들에게 처벌을 가하는 효과가 있다.

뿐만 아니라 굶주린 악어와 아나콘다에게는 먹이를 주는 효과도 있으니 그야말로 일석삼조이다.

현수는 본인의 생각이 마음에 들었다. 하여 고개를 끄덕이곤 본사로 이동했다.

*　　　*　　　*

"어서 오십시오."

"네, 사장님!"

이준섭 인사부장은 직각으로 허리를 꺾는다.

"편히 앉으세요."

"네!"

이 부장은 자리에 앉음과 동시에 다이어리를 펼친다.

"사람은 많이 뽑으셨습니까?"

"뽑아놓은 사람은 없습니다. 주어진 일이 없으므로 이력서만 받아놓았습니다."

"그럼 이력서는 많이 받으셨습니까?"

"네, 약 2,000장 정도 받았습니다."

현수는 깜짝 놀랐다. 생각보다 많았기 때문이다.

"이 부장님을 다시 발령 내도 되겠습니까?"

"말씀하십시오. 어디든 가겠습니다."

천지건설에선 이미 퇴직금까지 받았다. 그렇기에 상관없다는 표정이다.

"이 시간부터 이준섭 부장님을 이실리프 상사 브레인 팀장으로 임명합니다."

"네? 그게 무슨……?"

처음 듣는 이야기이니 설명해 달라는 표정이다.

"브레인 팀은……."

잠시 현수의 설명이 이어졌다.

브레인 팀은 이실리프 상사의 독립 부서이다.

대표이사 민주영의 지휘를 받지 않는 현수 직속이다. 직급은 전무이사이다.

인사가 만사라는 말이 있다.

사람을 뽑아 쓰는 일이 그만큼 중요하다는 뜻이다.

어쨌거나 이준섭 부장, 아니, 이준섭 전무는 어마어마한 규모에 놀라지 않을 수 없었다.

콩고민주공화국, 러시아, 몽골에 각기 10만㎢ 이상의 거대한 땅덩어리가 개발되는 것으로 확정되어 있다.

뿐만 아니라 에티오피아, 우간다, 케냐에도 어마어마한 넓이의 땅이 개발될 예정이다.

다 합치면 대한민국 전체의 네 배가 넘는다.

이곳을 모두 개발하려면 엄청난 인력이 필요하다. 그 일을 할 고급 인력을 뽑는 것이 이 전무의 업무이다.

얼마나 많은 인원을 뽑아야 할지, 그들에게 어떤 임무를 부여할지 결정할 권한을 부여받았다.

실로 막중한 임무이다.

이 전무는 얼떨떨한 표정으로 현수를 바라본다.

"아무튼 이 팀장님이 이제부터 그 일의 총책임자입니다. 그러므로 필요 인원부터 뽑아 적재적소에 배치하십시오."

"네? 아, 네에."

"이제 천지건설 사옥을 쓸 수 없으니 적당한 건물을 알아보세요. 끊임없는 면접과 신입사원 연수가 이루어져야 할 테니 규모가 제법 있어야 할 겁니다."

"알겠습니다. 조사 후 보고드리겠습니다."

이준섭 전무가 멍한 표정으로 나간다. 머리가 아플 것이다. 갑자기 어마어마한 일의 총책임자라니 황당하기도 할 것이다.

그렇지만 어쩌겠는가!

현수는 할 일이 너무 많다. 사람을 뽑아서 쓰는 일도 중요하지만 그보다 더 큰일이 산적해 있다.

이 전무가 나가자마자 휴대폰이 몸살을 앓는다.

．

부우우웅! 부우우웅!

'누구지?'

처음 보는 번호이기에 고개를 갸웃거리며 전화를 받았다.

"여보세요."

"Hellow."

"Who is it? This is Mr. Kim."

"HI! I'm Siraj Fegessa Shereffa. Secretary of Defense for Ethiopia."

상대는 에티오피아의 국방장관 시라즈 페레싸 세레파였다.

"아! 안녕하세요? 오래간만입니다."

"나도 오랜만입니다. 몇 가지 소식 때문에 전화했습니다."

둘은 유창한 영어로 대화하기 시작했다.

"그래요? 말씀하십시오."

"첫째는 김현수님이 제안하신……."

에티오피아 국방장관이 전한 소식은 세 가지이다.

첫째는 현수가 요구한 아와사 지역 40,000㎢ 조차에 관한 특별법이 국회를 통과했다는 내용이다.

조차 기간은 콩고민주공화국의 전례에 따라 200년이다. 당연히 치외법권 지역이다.

최종적으로 대통령의 사인만 남았다고 한다. 조건은 현수가 제안한 것과 거의 동일하다.

둘째는 아와사로부터 아디스아바바까지의 4차선 고속도로 건설을 일임한다는 것이다. 콩고민주공화국 킨샤사로부터 비날리아 지역까지 개설되는 것과 거의 동일하다.

셋째는 아와사로부터 소말리아 북부의 항구 베르베라까지 표준궤 철도를 설치해 달라는 것이다.

두 공사 모두 저렴한 가격에 공사를 의뢰하며, 공사비는 젬파크 E&M이란 한국 기업이 Metico 광산에서 채굴한 금괴로 지불하겠다고 한다.

"그렇습니까? 알았습니다. 최대한 빠른 시일 내에 찾아뵙겠습니다. 후회 없는 선택이라는 걸 증명해 드리지요."

"제가 요구했던 한국산 무기 도입은 어떻게 진행되고 있습니까? 가능은 한 겁니까?"

"당연합니다. 방위사업청에 들러 수출 의뢰를 했습니다. 상당히 우호적인지라 곧 결정될 것입니다. 조만간 가격 등을 통보해 드리겠습니다. 다시 연락드리지요"

"정말 가능한 겁니까?"

"물론입니다. 제게 요구하신 모든 물량을 합당한 가격에
인도 받으실 수 있을 겁니다. 아울러 저희 방위사업청에서 장
관님께 거래 의사 타진을 위해 확인 전화를 할 겁니다."

"아! 그 전화라면 이미 받았습니다. 미스터 킴이 아주 이야
기 잘해주셔서 화기애애한 분위기로 통화한 바 있습니다."

"그래요? 그렇다면 좋은 결과를 기대하셔도 될 겁니다."

몇 마디 더 하고는 에티오피아 국방장관과의 통화를 마쳤
다. 시종일관 지극히 우호적이었다.

하긴 에티오피아의 기르마 올데 기오르기스 대통령의 전
폭적인 지지를 받는 중이다. 뿐만 아니라 에디오피아 국민 대
다수가 현수를 성자로 알고 있다.

당연히 우호적일 수밖에 없는 상황이다.

전화를 끊고는 천지건설 현장에서 철근 공사를 담당하는
사람을 수소문했다. 지구에 온 본래 목적을 위함이다.

마종의 사이즈를 이야기하곤 그것을 완벽하게 감쌀 수 있
도록 준비해 달라고 했다.

원뿔형을 씌우는 것인지라 조립식으로 부탁했다.

레미콘 회사에 연락하여 고강도 레미콘도 배달토록 했다.

천지건설 자재창고 인근에 뿌려놓은 레미콘은 모두 현수

의 아공간에 담겼다. 약 150㎥이다.

혹시 몰라 10㎥를 더 담은 것이다.

"흐으음! 철근만 기다리면 되는군."

점심을 먹고 곧장 성남공항으로 향했다. 그리고 F—15K 3대를 완벽한 스텔스기로 탈바꿈시켰다.

이것을 직접 조종할 파일럿들을 만나 바뀐 내용을 설명함과 동시에 절대충성 마법을 걸었다.

저녁때는 한창호와 조인경 커플을 만나 즐거운 시간을 보냈다. 백화점엔 들렀지만 양복은 사지 않았다.

대신 커플티를 구입하여 둘에게 선물했다.

식사 후 한창호는 청천벽력과 같은 통보를 받고 망연자실한 표정을 지었다. 조인경 대리는 안타까운 시선으로 바라보고만 있어야 했다.

실로 무지막지한 일감에 치어 사랑하는 예비 신랑이 과로사할 수도 있음이 우려된 때문이다.

식사 후, 현수와의 대화는 다음과 같다.

"형, 내가 콩고민주공화국과 러시아에 각각 10만㎢ 조차지를 얻은 거 알지?"

"그럼 알지. 너 진짜 대단하다. 그거 다 우리나라보다 큰 땅덩어리잖아. 그치?"

"맞아. 근데 몽골에서도 그만한 땅을 조차 받았어. 에티오피아에선 4만㎢가 확정되었고."

"뭐? 진짜?"

한창호는 멍한 표정이다. 소리 소문 없이 엄청나게 큰 건수를 빵빵 터뜨리니 정신이 없었던 것이다.

"그리고 또 있어. 우간다 4만㎢, 그리고 케냐에서는 2만㎢를 더 조차 받을 거야."

"헐! 말도 안 돼!"

"정말요?"

한창호와 조인경은 대경실색한 표정이다. 그러거나 말거나 현수의 말이 이어진다.

"그것들을 개발하려면 빌딩, 집, 도서관, 극상, 쇼핑센터 등 이런 것들 있잖아. 근린시설 같은 거."

"사람들이 모여 살아야 하니 당연히 근린시설이 필요하지. 그리고 발전소나 도로, 상하수도 같은 인프라6)도 다 갖춰져야 하고."

"잘 아네."

"당연하지. 내 직업이 건축사다, 인마!"

한창호가 나를 뭐로 보느냐는 표정을 지을 때 현수가 말을 잇는다.

---

6) 인프라(Infra(structure)) : 생산이나 생활의 기반을 형성하는 중요한 기초 시설. 도로, 항만, 철도, 발전소, 통신 시설 따위의 산업 기반과 학교, 병원, 상수·하수 처리 따위의 생활 기반.

"형이 그거 다 설계해야 해."

"뭐? 너 방금 뭐라고 했냐?"

"그거 다 설계하라고. 형이."

"끄응! 너 나 과로사로 죽이려는 거지?"

한창호가 이맛살을 찌푸린다.

현수가 말한 것을 모두 이루어내려면 1,000년 동안 죽어라 일해도 다 못할 것이다.

"설계비는 다 줄게."

"야, 돈이 문제가 아냐. 내가 어떻게 그걸 다 설계하냐?"

한창호의 말이 맞다. 현수가 말한 것은 결코 혼자서 할 수 있는 일이 아니다.

"그래? 그럼 이실리프 개발을 만들어줄 테니 형이 직원들 고용해서 설계하고 시공해."

"뭐?"

한창호가 뭐라 입을 열려 할 때 현수가 먼저 입을 연다.

"건축사를 만 명쯤 고용하면 되지 않을까? 건축기사는 10만 명쯤 고용하고. 아무튼 형이 알아서 다 설계해."

"헐!"

한창호와 조인경은 현수의 스케일에 입을 다물지 못했다.

그러거나 말거나 현수는 생각하는 바를 쏟아내 놓는다.

분당이나 일산 같은 신도시 건설의 규모가 아니다.

실제로 나라 하나를 만드는 규모였다. 그것도 하나가 아니다. 당연히 말문이 막혀 듣고만 있어야 했다.

화기애애하던 분위기는 서서히 질리는 분위기로 바뀌었다. 물론 질리는 사람은 한창호와 조인경이다.

그러거나 말거나 현수의 이야기는 끝이 없었다.

다음 날, 현수는 성남공항으로 가서 네 대의 F—15K를 손봤다. 이로써 공군은 여덟 대의 완벽한 스텔스기를 보유하게 되었다.

군수사령부 제82항공정비창 소속 정비병들은 어떻게 해서 이런 결과가 나오는지를 집요하게 물었다.

아무리 살펴봐도 전과 달라진 것이라곤 버튼 두 개가 추가된 것밖에 없다. 그나마 버튼도 원격 조정되는 것이라 아무 데나 옮겨놓아도 된다.

이미 절대충성 마법에 걸려 있는 상태인지라 상식적으로 납득되지 않았기에 호기심 차원에서 물은 것이다.

하지만 현수는 끝끝내 사실을 밝히지 않았다. 마법을 어찌 이해시키겠는가!

다음 날에도 성남공항으로 출근했다. 그리곤 여섯 대를 손봐주었다. 기왕에 해주는 것이니 빨리 해주는 것이 좋을 듯하다.

열네 대가 완성되고 나니 약간 마음이 놓인다.

워낙 성능이 좋기에 일반 전투기 140대를 보유한 것보다도 더한 전력이기 때문이다.

성남공항 측에선 대체 무슨 일로 대구에 있어야 할 전투기들이 오는지 궁금한 듯 기웃거렸다.

물론 제지당했다.

전투기 개조는 극비 중의 극비 사항이다. 참모총장과 제11전투비행단, 그리고 정비병들만 아는 일이다.

*　　　*　　　*

"안녕하세요? 김현수 사장님이시죠?"

"네, 그런데 누구십니까?"

처음 보는 번호인지라 여러 번 전화가 걸려왔어도 받지 않자 대한축구협회에서 통화하고자 하니 전화를 받으라는 메시지가 떠서 할 수 없이 받은 전화이다.

"아, 나는 축구협회 이사인데……."

통화 내용은 이러하다.

동영상을 통해 너의 뛰어난 실력을 보았다.

하지만 동영상은 동영상일 뿐이다. 조만간 월드컵 본선이 있으니 운동장에 나와 테스트를 받아보라는 것이다.

홍명보 감독과는 상의조차 하지 않은 모양이다. 그랬다면 이런 대화는 하지 않았을 것이다.

현수는 정중히 거절했다.

"죄송합니다. 저는 축구선수가 될 마음이 없습니다. 그리고 동영상에 나온 장면은 운이 좋아서 그리된 겁니다. 저는 그냥 평범한 직장인일 뿐입니다."

"아, 그래요?"

저쪽에선 그렇지 않아도 의심하고 있었던 모양이다.

단 한 번도 선수 생활을 하지 않은 사람이 느닷없이 나타나 국민의 관심을 받는 것이 마뜩치 않았던 것이다.

"그래도 협회에서 부르는 것이니 당연히 나와서 테스트를 받아봐야 하는 거 아닙니까?"

자기네들이 부르면 무조건 나와야 한다는 뉘앙스였기에 살짝 기분이 상했다. 그럼에도 정중히 대꾸했다.

"아닙니다. 저는 대표팀에 낄 실력이 안 됩니다. 그러니 이런 전화는 안 주셨으면 좋겠습니다."

"허어, 왜 이렇게 갑갑하게 굽니까? 그냥 나와서 테스트 한 번 받아보면 될 일 가지고…. 나오세요."

상대의 강압적인 어투에 살짝 화가 났지만 애써 억눌렀다.

"아닙니다. 실력도 안 되는데 그럴 필요가 있겠습니까? 괜한 시간낭비입니다. 그러니 이만하시죠."

"이만 하긴 뭘 이만하라는 거요? 협회에서 나오라면 나오

는 거지. 당신, 대한민국 국민 아닙니까?'

"…저는 분명히 축구선수 할 마음 없다고 말씀드렸습니다. 그런데 왜 자꾸 강요하십니까?"

"이 사람아! 협회에서 부르면 '네, 알았습니다' 하고 나와서 테스트 받으면 될 일을 왜 이렇게 자꾸 빼? 테스트 해봐서 아니다 싶으면 하고 싶다고 해도 안 시킬 건데!"

분명 본인보다 나이 든 음성이다. 그럼에도 반말로 지껄이자 조금 더 분노의 강도가 강해졌다. 그래도 참았다.

"저 축구하는 사람 아닙니다. 따라서 협회와 아무 관련이 없지요. 앞으로 이런 전화 주지 마십시오. 이만 끊습니다."

전화를 끊는 버튼을 누르려는데 상대의 음성이 들린다.

"뭐 이런 건방진 자식이 다 있어? 천지건설 부사장이면 다 야? 에이, 재수 없는 새끼!"

"……!"

다시 전화를 들어 뭐라 하려다 말았다. 그래 봤자 내 기분만 상하는 일이 될 것이기 때문이다.

대한축구협회는 몇 가지 문제점이 있다.

협회장 선출에 관한 것이 그중 하나이다.

대한축구협회장이라는 중요한 인물을 뽑는 선거에 총 투표자가 고작 24명뿐이다.

참고로 대한축구협회의 1년 예산은 1,000억 원이 넘는다.

초등학교의 한 반 정원은 35명 내외이다. 반장이 되려면 18표를 얻어야 한다.

그런데 축구협회장은 13표만 얻으면 당선이다. 초등학교에서 반장 되는 것보다도 쉽다.

대표팀의 감독 선정, 또는 경질을 의결하는 기관은 기술위원회이다. 그런데 감독을 경질하면서 기술위원회가 철저히 배제되는 일이 있었다. 독단적이고 옛날의 군사정권보다 더 폐쇄적인 조직임을 증명하는 일이다.

아집으로 똘똘 뭉친 인물이 십수 년 동안 조직의 중앙에 처박혀 있는 것도 문제점이다. 그렇기에 축구협회에 대하여 좋은 감정이 하나도 없다.

당연히 퉁명스런 통화일 수밖에 없다. 상대방도 이를 느낀 듯하다. 그런데 오후에 발간된 신문에 이런 기사가 뜬다.

김현수 천지건설 부사장의 두 얼굴!

대한축구협회는 사회인 축구시합에 출전한 김현수 천지건설 부사장과의 통화에서 실망을 금치 못했다.

협회는 국민의 의견을 수렴하여 김현수 부사장을 테스트해 보고 싶다는 의견을 개진했다. 그런데 김현수 부사장은 상당히 불쾌한 반응을 보였다.

협회의 제의에 따른 테스트를 거절하였을 뿐만 아니라 건방지게도 협회 임원에게…….

기사를 접한 현수는 엄 국장에게 문자 메시지를 보냈다.

통화한 축구협회 임원과 받아 쓴 신문사 기자의 정보를 조사해서 보고해 달라는 내용이다.

축구협회 이사라는 사람은 처음부터 아주 고압적이었다. 당연히 불쾌하여 퉁명스럽게 대화했다.

상대가 엿같이 구는데 이쪽만 상냥하게 대할 이유는 없기 때문이다. 그런데 그걸 언론에 흘려 깎아내렸다.

하나를 보면 열을 안다는 말이 있다. 조사 결과가 예상대로라면 곧바로 징벌도 대상이다.

이제부턴 현수에게 찍히면 속된 말로 골로 간다. 따라서 언행에 주의를 기울이며 살아야 할 것이다.

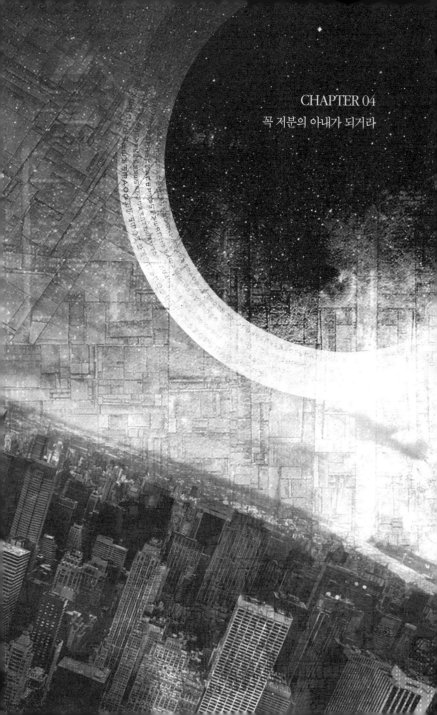

CHAPTER 04
꼭 저분의 아내가 되거라

"부사장님, 말씀하셨던 거푸집이 완성되었습니다. 확인해
주십시오."

"아, 그래요? 알겠습니다. 지금 가죠."

현수는 차를 몰아 천지건설 자재창고로 향했다.

원래 이곳엔 상당히 많은 자재 및 공구가 쌓여 있었다. 하
지만 요즘은 완전히 비어 있는 상태이다.

워낙 현장이 많아져서 자재를 쌓아둘 틈이 없기 때문이다.
하여 현수가 개인적으로 이용하는 중이다.

현수는 자재창고 뒷마당에 마종을 완전히 감쌀 거푸집 제

조를 의뢰했다. 원뿔형인지라 조립식이다.

바닥과 상부로 나뉘어져 있다.

"아! 수고 많으셨습니다."

"수고는요. 당연히 해야 할 일입니다."

철근반장은 현수에게 감사의 뜻을 전했다. 거푸집 만드는
데 드는 돈을 넉넉하게 줘서가 아니다.

철근공도 일용직이나 다름없다. 일이 있으면 일당을 받지
만 없으면 손가락이나 빨고 있어야 한다.

그런데 요즘은 현수 덕에 일 년 내내 일하는 중이다.

철근공은 일당이 13~16만 원이다. 쉬지 않고 일하면 월수
입 390~480만 원이다.

그전엔 일이 없어 200만 원을 못 버는 달도 많았다.

그런데 요즘은 그런 일이 없다. 거의 매달 400만 원 이상을
버는 중이다.

모처럼 살맛나기에 고맙다는 뜻을 표한 것이다.

"이게 결속선7) 묶는 방법이라고요?"

철근반장은 현수가 묻는 말에 아주 상세하게 답변한다.

"네! 그런데 이걸 어디에 쓰시려고……? 아, 아닙니다."

용도를 물으려던 철근반장이 얼른 말을 얼버무린다. 오랜
기간 지속되어 온 억압이 몸에 배서 이런다.

---

7) 결속선[Binding wire] : 철근의 겹 이음 부분 및 교차 부분을 적당한 간격으로 긴결
할 때 쓰는 강선. 철근콘크리트의 철근 조립에 쓴다. 보통 지름 1㎜ 정도의 굵은 것
을 쓰고 있다.

이쯤해서 호기심을 풀어줘야 한다. 하여 적당한 거짓말을 구상했다.

"이건 아프리카에서 나쁜 놈들을 가두는 데 쓸 거랍니다."

"네?"

"맨 위에 숨구멍만 남겨놓고 그곳으로 먹을 걸 넣어줄 거라고 하더군요."

"아! 엄청 나쁜 놈들을 가두는 모양이군요."

창문은 없다. 나갈 곳이라곤 맨 위의 좁은 공간뿐이다.

내부의 벽면은 아주 매끈할 것이기에 한번 들어가면 자력으론 못 나온다. 그렇기에 고개를 끄덕인 듯싶다.

"네, 종신형에 처한 극악무도한 죄수를 가둔다 합니다."

"아! 그래서……. 근데 그럼 배설물 때문에 힘들 텐데……."

사람인 이상 먹고 마시면 싸게 된다. 그런데 거푸집 어디를 봐도 그것을 처리할 구멍이 없다.

"그러니까 극악무도한 죄인들을 가두지요."

"아……!"

처음엔 괜찮겠지만 시간이 흘러 배설물이 쌓이게 되면 그것에 빠지게 될 것이다. 본인의 배설물에 본인이 빠져서 죽는 장면이라도 상상했는지 철근반장은 부르르 떤다.

생각만으로도 소름이 돋는 모양이다.

"아무튼 이렇게 갈고리로 결속한 후 상부에서 레미콘을 부어 넣으면 된다는 거죠?"

"네, 그런 다음에 바이브레이터로 다져주면 콘크리트가 골고루 들어가게 될 겁니다. 한 번 타설할 때……."

한 번에 1.5m 이상은 타설하지 않는 것이 좋다는 의견이다. 아울러 이어치기 할 때의 주의점을 소상하게 설명했다.

타설 면이 마를 경우 일체화가 되지 않음을 말한 것이다.

콩고민주공화국 사람들이 시공할 모양인데 잘 모를 것이라고 생각한 모양이다. 현수 입장에선 제대로 된 설명인지라 잘 기억해 두었다.

"수고하셨습니다. 공임은 조금 넉넉히 계좌로 송금했으니 그걸로 약주나 한잔하세요."

"아이고, 고맙습니다. 앞으로도 자주 불러주십시오."

철근반장은 현수가 요청한 일을 수행한 것이 영광이라는 표정이다. 높은 사람에게 잘 보였다 생각한 것이다.

반장이 간 후 배근된 거푸집을 자세히 살피곤 아공간에 담았다. 지구로 온 목적이 달성되었으니 이제 아르센으로 갈 시간이다.

"아리아니!"

"네, 주인님!"

"차원이동할 건데 괜찮겠어?"

"잠깐만요. 제게 잠깐만 시간 좀 주세요. 여긴 너무 메말라 있어요."

"얼마나 주면 되지?"

"두 시간이요."

아리아니는 자재창고 인근의 수림을 울창하게 만들 요량이다. 나무가 많아 숲이 우거지면 마나의 양이 많아질 것이라 생각하는 모양이다.

그러라 하고는 창고 내부를 살폈다. 얼마 전에 싹쓸이해서 비어 있을 것이라 예상했는데 아니다.

리어카와 일륜차가 왕창 입고되어 있다. 뿐만 아니라 도끼, 낫, 쇠스랑 및 우물 펌프 또한 대량으로 입고되어 있다.

모조리 아공간에 담았다. 그리곤 이실리프 무역상사로 전화를 걸어 이은정 실장의 신혼여행 동안 업무 대리를 맡은 김수진에게 송금을 지시했다.

그런데 트럭이 줄지어 들어온다. 유민우 대리도 온다.

"어라? 사장님, 오늘 납품 있는 거 아셨어요?"

"아니, 유 대리는 여긴 웬일이야?"

"왜긴요. 영등포에서 철판 납품이 있어서요. 사장님이 주문하신 거라면서요?"

항온마법진을 그려 넣을 STS 철판이 오는 모양이다.

지게차 열 대가 동원되었지만 하차량이 워낙 많다. 여섯 시

간이나 걸렸다

할 일이 없는 현수는 인근 편의점에서 용달차 기사 및 지게
차 운전자들이 마실 음료수와 빵을 사다 날랐다.

"휴우! 다 끝났습니다."

"그래, 수고했어. 어서 귀사해."

"네, 사장님!"

모든 용달차와 지게차가 돌아가고 유민우 대리까지 사라
진 후 납품된 PP박스 전부를 아공간에 담았다.

11만 8,500개이다. 전체 중량은 2,370톤이나 된다.

이를 배달하기 위해 영등포 인근의 모든 용달차가 총동원
되었다. 하지만 현수의 아공간에 담기는 데 걸린 시간은 불과
몇 초이다.

*   *   *

"아리아니, 이제 가도 돼?"

"네, 가도 돼요."

"좋아, 아공간으로 들어가 있어."

"네, 도착하면 꺼내주세요."

"물론이야. 트랜스퍼 디멘션!"

샤르르르르릉—!

현수의 신형이 사라졌다.

"흐으음! 역시 공기는 여기가 최고야."

"당연하죠. 세계수 바로 밑이니."

아리아니는 신선한 공기와 풍부한 마나가 마음에 든다는 듯 훨훨 나는 중이다. 마종은 여전히 제자리를 지키고 있고, 세계수는 조금 더 시들어 있는 듯하다.

"그럼 작업을 시작해 볼까? 아공간 오픈!"

아공간을 열어 방금 가져온 거푸집을 설치했다. 바닥판 먼저 놓은 후 콘크리트 타설을 했다.

다음엔 흙속에 묻혀 있는 마종을 꺼내서 이것의 위에 얹었다. 그리곤 위쪽 거푸집을 위에서부터 모자 씌우듯 씌웠다.

기다렸다가 콘크리트 타설을 했다. 반중력 마법을 완성시켜 놓지 않았다면 불가능했을 일이다.

콘크리트가 균일하게 거푸집을 채우도록 진동 마법을 걸어주었다. 기다렸다가 타설하기를 반복한 결과 마종은 콘크리트에 완전히 묻혔다.

위쪽엔 숨 쉬기 위한 대롱 하나만 삐죽 솟아 있다.

작업하는 내내 안에 갇혀 있는 마족들이 끊임없이 대화를 청했지만 응하지 않았다.

그럴 이유가 없기 때문이다.

콘크리트는 양생 기간이라는 것이 있다. 완전히 굳어 제대로 된 강도를 유지할 때까지 걸리는 시간이다.

이것 역시 마법으로 해결했다. 타임 패스트 마법을 걸어 최단 시간 만에 양생을 마치게 한 것이다.

이 작업을 하기 전에 마종을 감싼 콘크리트에 각종 마법진을 그려 넣었다. 강화 마법과 결계 마법 등이다.

마족들이 힘을 되찾더라도 결코 빠져나올 수 없도록 조치를 취한 것이다.

마종은 원래의 위치에 다시 파묻히게 될 것이다. 그전에 세계수의 뿌리는 마종이 없는 곳으로 이동시켰다.

콘크리트로 감싸놓았으니 나중에라도 다시 뿌리가 마종 쪽으로 생장해도 별문제가 없을 것이다.

"휴우~! 이제 끝이군."

이틀이나 걸린 일이 비로소 끝난 것이다.

"수고하셨어요. 이젠 제가 나설게요."

아리아니는 세계수 주변을 날아다니며 정령력으로 시든 부분에 생명력을 불어넣었다.

그러자 점점 더 생생해짐이 확연히 느껴진다.

"주인님, 이제 되었어요. 참, 세계수가 조만간 후계목을 내놓겠대요."

"그래? 그거 다행이네."

현수가 아리아니와 대화를 할 때 숲 속에서 일단의 무리가 나타난다.

"아! 트렌시아 토들레아님, 또 뵙는군요."

현수가 먼저 알아보고 고개를 숙였다.

"네, 또 뵙습니다. 저는 숲의 일족을 대표하여 하인스님께 깊은 감사를 드립니다."

숲에 있던 트렌시아는 시들어가던 세계수가 급속도로 원기를 회복하는 것을 느꼈다. 엘프와 세계수는 이만큼이나 긴밀한 관계인 것이다. 하여 일족 모두를 이끌고 왔다. 그의 뒤에는 상당히 많은 엘프가 도열해 있다.

"하인스님께 숲의 종족이 감사의 뜻을 전합니다!"

늘 조용조용한 엘프들이건만 이번엔 우렁찬 음성이다.

"숲의 일족에게 평화가 있기를 기원드립니다."

현수가 합장하고 정중히 고개를 숙이자 감당할 수 없다는 듯 일제히 바닥에 엎드린다.

현수는 라수스 협곡의 지배자 라이세뮤리안과 친구이다. 따라서 서서 인사를 받을 수 없었던 것이다.

이때 뒤늦게 나타난 넷이 있다. 그중 선두는 낯이 익다.

"후렌지아 토들레아가 마탑주님께 인사드려요."

"아, 네. 또 뵙네요, 장로님."

현수가 대꾸하자 세 음성이 이어진다.

"레이찰 토들레아가 은인께 인사드립니다."

"오마샤 토들레아가 은인을 뵙습니다."

"하일라 토들레아가 하인스님을 뵙습니다."

"아! 오랜만입니다, 여러분!"

유카리안 영지에 억류되어 있던 카이로시아를 구하기 위해 갔다가 구해준 엘프 남매이다.

얀센의 집에 잠시 머물다 현수의 배려로 되돌아올 수 있었기에 은인이라 칭하는 것이다.

웃음 지으며 시선을 준 현수는 완전히 달라진 세 남매를 보고 화들짝 놀라지 않을 수 없었다.

잘생겼다는 건 그때도 알았지만 레이찰과 오마샤는 정말 미남으로 변해 있었다.

잘 먹고 푹 쉬는 동안 원래의 신색을 되찾은 모양이다.

하일라 역시 완전히 달라져 있다. 보는 순간 천하절색이라는 말이 저절로 생각날 정도로 아름답다.

허리춤까지 내려오는 금발을 틀어 올려 성숙하면서도 청순함이 돋보인다. 걸치고 있는 하늘하늘한 의복은 늘씬한 교구를 더욱 돋보이게 한다.

"은인께서 세계수를 돌봐주심에 깊이 감사드려요."

말을 마친 하일라는 깊숙이 고개를 숙인다. 그리곤 고개를 들며 별빛 같은 눈빛으로 현수를 살핀다.

구해준 것에 대한 보답으로 위그드리실 잎사귀를 준 바 있다. 장차 반려가 될 사내에게 주어야 할 것이다.

당시엔 남매의 목숨을 구해주고 따뜻한 곳에서 쉴 수 있도록 배려했을 뿐만 아니라 고향으로 되돌아갈 수 있도록 여러 가지를 보살펴 준 것에 대한 보답의 의미였다.

현수가 구해주지 않았다면 잔혹하고 탐욕스런 인간의 노예가 되어 평생을 보냈을지도 모른다.

아무튼 그때 하일라에겐 딱 두 가지 소지품이 있었다.

목에 걸린 목걸이와 위그드라실의 잎이다.

목걸이를 주면 본래의 미모가 드러난다.

바세른 산맥으로 복귀하다가 또다시 인간에게 붙잡히면 그때는 성노(性奴)가 되어 평생을 보내게 될 것이다.

하여 위그드라실의 잎을 준 것이다.

일족의 품에 돌아오고 얼마 지나지 않았을 때 고모인 후렌지아 토들레아가 위그드라실의 잎을 내놓으라 하였다.

일족 중 훌륭하게 성장한 청년이 있으니 짝을 맺게 하려는 의도였다. 결혼하기엔 너무 이른 나이였으나 오랜 고초를 겪은 조카의 심리적 안정을 도모하려는 배려였다.

이때까지도 하일라 토들레아는 위그드라실의 잎에 어떤 의미가 있는지를 몰랐다. 어렸을 때 딱 한 번 설명을 들었는데 그때는 대충 흘려들은 때문이다.

맹약의 잎사귀를 인간에게 주었다는 말에 후렌지아는 대뜸 '너 미쳤니?' 라고 소리쳤다.

인간의 수명은 길어야 100년이지만 엘프는 1,000년을 산다. 그 긴 세월을 어찌 혼자 지내려고 그러느냐는 뜻이다.

아무튼 후렌지아는 현수를 만났을 때 위그드라실의 잎사귀를 받은 장본인이라는 것을 알게 되었다.

다행이다. 수명이 1,200년이나 됨을 알게 된 때문이다.

웬만하면 감언이설로 꼬드겨 하일라를 책임지게 했을 것이다. 하지만 하인스 마탑주는 그럴 대상이 아니다.

라이세뮤리안과 친구 먹는 사이인데 어디 감히 엘프 따위가 수작을 부리겠는가!

결국엔 되면 좋고 안 되면 할 수 없다는 생각을 하게 되었다. 그러다 꾀를 냈다.

눈앞에 자주 보이면 없던 정도 솟을 수 있다. 그렇기에 쉬고 있는 하일라 남매를 데리고 이곳에 온 것이다.

물론 현수의 눈에 아주 아름답게 보이도록 치장했다. 그렇기에 일족보다 늦게 당도한 것이다.

"내가 여러분에게 도움이 되었다니 다행입니다."

"왜 그랬는지 연유를 여쭤 봐도 되는지요?"

족장인 트렌시아 토들레아가 현수를 빤히 바라본다. 모두들 궁금하다는 표정이다.

"세계수의 뿌리가 마족들을 봉인해 놓은 고대 물품에 닿아 있었습니다. 지금으로부터 약 5,000년 전에……."

현수의 설명이 잠깐 이어졌다.

5천 년쯤 전, 흑마법사들의 농간에 의해 마계가 열린 적이 있다. 그때 각종 마족이 그곳을 통해 중간계로 튀어나왔다. 약 3,000여 개체였다.

이들에 의해 수많은 인간이 학살당하자 중간계의 균형을 위해 드래곤이 총출동했다.

인간이 감당할 상대가 아니기 때문이다.

당시엔 헤를링을 제외한 드래곤의 개체수가 1,000이 넘을 때였다. 그 모든 드래곤이 나서서 마족 사냥을 한 것이다.

그런데 문제가 발생되었다. 마족을 죽이면 마계에서 환생하여 또다시 중간계로 되돌아오곤 했던 것이다.

다시 말해 마족을 죽이는 것이 의미 없는 일이 되어버린 것이다. 하여 당시의 드래곤 로드가 묘안을 냈다.

마족들을 생포하여 마나 구속구를 채운 뒤 결계 안에 가두어 영원히 봉인하자는 것이다.

그날 이후 마족들은 반쯤 죽은 채로 잡혀왔다.

모두에게 마나 구속구가 채워졌고, 드워프들을 동원하여 만든 커다란 종 모양의 감옥에 갇혔다.

이것은 빠져나갈 구멍이 없는 감옥이다.

공간 확장 마법으로 수용 인원을 늘린 뒤 마족들을 넣고 뚜껑을 덮었다. 그리곤 녹인 쇳물로 접합시켜 버린 때문이다.

마종이라 불린 감옥은 겉면에 수많은 마법진이 그려졌다. 마족들이 힘으로 깨거나 빠져나갈 수 없도록 한 것이다.

이것은 지하 깊숙한 곳에 묻혔다. 어느 누구도 손대지 못하게 하기 위함이다.

이것의 꼭대기로부터 지표까지는 작은 대롱 하나가 연결되어 있을 뿐이다. 죽으면 또다시 마계에서 환생하기에 죽지 못하도록 가느다란 숨구멍 하나만 허용한 것이다.

"그래서 그 마종이 세계수 아래에 있었다는 거예요?"

후렌지아 토들레아가 눈을 동그랗게 뜬다.

5천 년 전의 일이라면 일족 어느 누구도 태어나기 전의 일이며, 이곳에 터전을 잡기도 전의 일이다.

그렇기에 세계수 아래 깊숙한 곳에 마족을 봉인해 놓은 것이 있다는 말에 깜짝 놀란 것이다.

"맞아요. 확인해 보니 미약하게나마 마기가 흘러나오더군요. 하여 그것이 외부에 영향을 끼치지 못하도록 콘크리트라는 것으로 완전히 에워싸도록 했습니다."

"콘크리트요?"

"네, 마기 같은 나쁜 기운의 확산을 차단할 수 있는 겁니다. 아무튼 그것으로 감싸놓았으니 앞으로 200년은 안전할 겁니다."

"그것의 수명이 200년인가 보죠?"

"그렇습니다. 저건 200년은 거뜬히 견뎌낼 겁니다."

현수는 멀찌감치 세워놓은 마종을 가리켰다.

높이 15m짜리 원뿔을 약 60㎝ 두께의 콘크리트로 완전하게 감싸놓은 것이다.

양생이 완전해지면 콘크리트 보호와 수명 연장을 위한 콘크리트 강화제를 뿌려줄 것이다.

다음엔 무기질 침투성 방수제 처리이다. 공사 현장에서 콘크리트의 수명 연장을 위해 사용하는 것이다.

이것까지 마치고 나면 200년은 충분히 견뎌낼 것이라는 것이 현수의 생각이다.

원래는 이렇게 해도 100년쯤 버티는 것이 한계이다.

하지만 표면에 그려놓은 보존 마법이 수명을 두 배로 늘린 것이다. 200년쯤 지나면 강철로 된 틀을 만들어서 덧씌워놓을 생각이다. 그러면 최소 800년은 더 버틸 것으로 사료된다.

지금도 마족들이 환생하지 못하도록 소멸시킬 능력이 있다. 하지만 본인이 이를 알지 못하는 상황이다.

그런데 앞으로 1,000년쯤 흐르면 10서클 마스터의 경지를 넘어설 수도 있을 것이다.

그때 꺼내서 소멸시키리라 생각하는 것이다.

"다행입니다. 하인스 마탑주님께서 계셔서 중간계가 위기로부터 벗어났군요. 중간계의 모든 종족을 대리하여 깊은 감사를 드립니다."

"감사드립니다."

족장이 허리를 꺾자 엘프들이 전부 허리를 꺾는다. 각도는 당연히 90° 이상이다.

하일라 토들레아 역시 마찬가지이다. 그런데 걸치고 있는 드레스 때문에 보여줘선 안 되는 것이 보인다.

하여 얼른 시선을 돌렸다. 이때 아리아니의 음성이 울린다. 마나를 실었는지 제법 크다.

"모든 엘프는 들어라! 나는 숲의 정령 아리아니이니라!"

말하는 품새가 산신령급이라 웃겼지만 애써 참아냈다.

"너희 앞에 계신 분은 내가 주인으로 모시는 분이시다! 너희 일족 또한 모셔야 하느니라! 알겠느냐?"

"네, 알겠사옵니다!"

아리아니의 말은 엘프어였다. 그렇기에 엘프들의 법도에 따라 모두가 고개를 조아린다.

"너희의 요청에 따라 주인님께서 시들어가던 세계수를 원상 회복시키셨다. 이제 약속했던 엘프주 제조 비법을 전해 드리도록 하여라."

"당연한 말씀이옵니다, 아리아니님!"

"누가 전할 것이더냐?"

아리아니의 시선을 받은 트렌시아 토들레아가 다시 한 번 고개를 숙인 후 입을 연다.

"일족의 장로인 후렌지……."

"아니옵니다. 엘프주 제조 비법은 하일라 토들레아가 알려 드리도록 하겠사옵니다."

족장의 말을 가로막은 건 후렌지아 토들레아였다. 아리아니는 개의치 않는다는 듯한 표정이다.

"하일라가 누구인가?"

"저… 이옵니다, 아리아니님."

하일라가 수줍은 표정으로 두어 발짝 앞으로 나선다.

"너는 아직 어린데? 나이가 얼마지?"

"올해 스물이옵니다."

"겨우 나이 스물에 엘프주 제조 비법을 깨우치고 있다고? 정말이더냐?"

아리아니가 고개를 갸우뚱거린다.

엘프주 제조 비법은 엄청나게 복잡하다.

그리고 조금만 잘못되어도 담근 걸 모두 버려야 한다. 하여 최소 500년은 산 엘프들이 주조를 담당한다.

그렇기에 의아하다는 표정으로 하일라를 바라본다.

"제가 잘 가르칠 것이옵니다. 이 아이가 저희 일족 차기 주조(酒造) 담당이 될 것이옵니다, 아리아님."

"그래? 알았어. 저 아이로 하여금 주인님께 엘프주 제조 비법을 빠짐없이 알려드리도록 하라."

"네, 아리아님. 숲의 요정의 말씀에 따라 그리하도록 하겠나이다."

엘프어들의 향연이었지만 현수는 다 알아들었다. 그리고 후렌지아 토들레아의 속셈 또한 알아차렸다.

하일라를 곁에 두게 하려는 것이다.

'곁에서 얼쩡거리는 건 허용하지만 받아들일 순 없습니다, 후렌지아 장로님. 제겐 여인이 너무 많거든요. 이곳에 있는 다섯 이외에도 저 세상에 가면 셋이나 있습니다. 거기에도 하일라처럼 제 여인이 되고 싶어 안달하는 여인이 있구요.'

현수는 눈물짓던 테리나를 떠올렸다.

'아무튼 안 될 겁니다. 하지만 엘프주 제조 비법은 배워야겠습니다. 그러니 하일라를 곁에 두기는 하지요.'

엘프들이 모두 허리를 꺾자 아리아니가 다시 입을 연다.

"주인님께서 말씀하시길 저것이 완전히 굳으려면 시간이 걸린다고 하셨다. 너희는 이 주변을 경계하되 절대 가까이 다가가면 안 되느니라. 알겠느냐?"

"네, 알겠습니다."

모든 엘프가 합창하듯 대답한다.

이때 현수가 나섰다.

"나는 이만 인간들에게로 돌아가야겠습니다. 하일라 토들레아님은 준비가 갖춰지는 대로 제게 오십시오."

"네, 하인스님. 조만간 찾아뵙도록 하겠습니다."

하일라가 대답할 때 하늘하늘한 귀밑머리가 바람에 흔들린다. 우아하면서도 섹시한 모습이다.

"아리아니, 우린 가자."

"네, 주인님."

냉큼 현수의 어깨 위에 올라앉는다. 이때 문득 스치는 상념이 있다.

"참, 인간에게 정령술을 가르쳐 주실 수 있는지요?"

"……?"

모두들 무슨 뜻이냐는 표정으로 바라본다. 모든 정령을 부리는 아리아니가 바로 곁에 있기 때문이다.

"아리아니는 정령력이 없는 사람의 눈에는 뜨이지 않습니다. 그리고 아이들을 가르치기엔 너무 고귀한 존재이고요."

현수의 말에 모두들 고개를 끄덕인다. 둘 다 맞는 말이기 때문이다.

"지금 개발되고 있는 이실리프 자치령에 아카데미를 조성하고 있습니다. 그곳에서 정령학 강의를 해주실 분 혹시 없으십니까? 교수로 초빙하고 싶습니다."

현수의 말에 서로가 서로의 시선을 살핀다.

인간들 틈에 들어가서 살아야 하는 일이기 때문이다. 게다가 거기엔 앙숙 관계인 드워프도 상당히 많다.

엘프 입장에선 웬만하면 가고 싶지 않은 곳이다. 하지만 생명과도 같은 세계수가 시든 걸 해결해 주었다.

따라서 현수의 요청은 거절하면 안 된다. 엘프는 은혜를 아는 종족이기 때문이다.

"제가 가지요."

한 발짝 나선 인물은 후렌지아 토들레아이다.

"어차피 하일라에게 엘프주 제조 비법을 전수해 줘야 하니 제가 가깝게 있는 게 좋을 것 같습니다."

이렇게 되면 하일라는 현수의 곁을 떠나 후렌지아에게 비법을 배우러 왔다 갔다 하지 않아도 된다.

"…감사합니다. 후렌지아 토들레아님을 환영합니다. 또 없으십니까? 바람, 물, 불, 땅, 이렇게 네 정령에 대해 교육해야 하니까요."

"후렌지아 장로님은 바람의 정령과 계약을 하였습니다. 저는 물의 정령과 계약했으니 저도 할게요."

하일라 토들레아의 말이다.

"저는 불의 정령과 계약했습니다."

"저는 땅의 정령과 계약했습니다."

레이찰 토들레아와 오마샤 토들레아가 나선다.

"…네 분 모두 환영합니다. 조만간 제 영지로 와주십시오. 어딘지는 아시죠?"

"알고 있습니다."

이로써 아카데미의 정령학부 걱정은 사라졌다.

엘프만큼 정령과 친화력 높은 종족이 없으니 최고의 교수진으로 갖춰진 것이다.

"그럼 또 뵙겠습니다. 텔레포트!"

샤르르르릉—!

현수와 아리아니가 동시에 사라졌다.

엘프들은 비어버린 자리를 보며 눈을 비빈다. 마법이 구현되었음에도 비산하는 마나의 양이 너무 적기 때문이다.

"과연 이실리프 마탑주님은 뭐가 달라도 다르군."

트렌시아 족장이 나직이 중얼거리며 고개를 끄덕인다. 이때 후렌지아 토들레아의 나직한 음성이 들린다.

"하일라, 너는 꼭 저분의 아내가 되도록 하여라. 일족의 영광이 될 것이다."

"네, 고모. 꼭 그렇게 할게요."

하일라가 고개를 끄덕이며 눈빛을 빛낸다.

몇 백 년이 걸리더라도 반드시 이루어내고야 말겠다는 강렬한 의지가 담긴 눈빛이다.

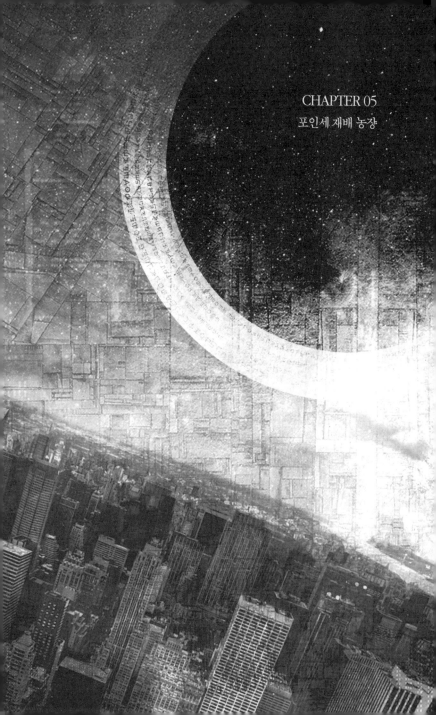

CHAPTER 05
포인세 재배 농장

전능의팔찌
THE OMNIPOTENT
BRACELET

하일라를 바라보는 일족 모두의 시선 또한 그러하다.

하인스는 드래곤과 친구 먹는 존재이며, 10서클 대마법사이다. 인간의 한계를 멀찌감치 극복해 낸 위대한 존재인 것이다.

그와 하일라가 맺어진다면 토들레아 일족의 안위는 걱정하지 않아도 된다.

어떠한 몬스터도 감히 덤벼들지 못하게 될 것이기 때문이다. 특히 인간에 의한 엘프 사냥이 근절된다.

마탑주의 처가에 대고 미친 짓을 할 인간은 없기 때문이다. 흑마법사도 마찬가지이다.

같은 10서클이라도 마탑주와 싸워 이기긴 힘들다.

무림에 견주어 보면 신공과 마공의 차이이다.

신공은 익히는 데 오랜 시간이 걸리나 완성되면 아주 강력하다. 반면, 마공은 익히긴 쉽다. 하지만 아무리 오래 익혀도 완성된 신공만큼의 위력을 내지 못한다.

현수의 경우는 완성된 신공이다. 그러니 흑마법사들이 감히 도발할 수 없는 것이다.

알려진 바에 의하면 현존하는 흑마법사 가운데 가장 화후가 높은 자는 7서클 유저에 해당된다. 당연히 걸리면 죽는다.

아무튼 토들레아 일족은 하일라의 뒷모습을 보며 간절한 염원을 보낸다. 제발 하인스 유혹에 성공하여 일족의 안위를 지켜달라는 눈빛이다. 모두가 한마음이 된 것이다.

*　　　　*　　　　*

이실리프 자치령의 중심인 코리아에 당도한 현수는 현장을 지켜보고 있던 카이로시아의 곁에 섰다.

"어머! 자기야, 대체 어딜 다녀오신 거예요?"

"일이 있어서 숲에 좀 있었어."

"일이요? 무슨 일인데요? 자기가 없어져서 얼마나 찾아다녔는지 아세요?"

마종에 콘크리트를 타설하느라 이틀이나 소모된 때문이다. 그나마 타임 패스트 마법을 써서 그렇다.

안 그랬다면 꼬박 열흘은 걸렸을 일이다.

"미안. 아주 중요한 일이 있었어. 그나저나 여기 있으면서 불편하지 않았어?"

이곳에 데리고만 왔지 머물 곳을 마련해 주지 않았다.

아직은 변변한 시설조차 없는 곳이니 여자인 카이로시아는 상당한 불편을 겪었을 것이다.

당연히 미안한 기분이다.

정실부인으로 삼겠다면서 사소한 것조차 해결해 주지 않고 볼일 본다면서 훌쩍 떠난 것이 마음에 걸린 것이다.

"스타이발 후작님께서 쓰시던 철 상자(컨테이너)를 제게 양보하셔서 그리 불편하지는 않았어요."

말은 이렇게 했지만 카이로시아는 지난 이레 동안 제대로 씻지도 못했고, 용변을 처리하는 것조차 매우 불편했다.

코리아는 현재 사내들만 우글거리는 곳이나 다름없다. 성비(性比)가 한쪽으로 너무 기울어져 있기 때문이다.

당연히 여자들을 위한 시설이 부족하다. 있다 해도 카이로시아가 쓰기엔 너무나 더럽다. 하여 소변을 보려 해도 사내들의 눈에 뜨이지 않을 곳을 찾아 한참을 걸어가야 했다.

시녀도 없고, 잠자리는 불편하고, 화장실은 없는 셈이다.

음식도 그렇다. 제대로 차려진 정식이 아니다. 작업 시간을 최대한 늘리기 위해 간신히 끼니만 때우는 정도이다.

물론 영양가는 있다. 맛도 있다.

하지만 카이로시아는 제대로 먹지 못했다. 음식의 겉모습만 보고 깨작거렸다. 하여 살이 약간 빠진 상태이다.

그럼에도 조금의 내색도 하지 않는다. 누가 뭐라 해도 현모양처가 될 여인이다.

"아무튼 자기가 없어져서 얼마나 걱정했는지 아세요? 다음부터는 어디 가면 간다고 말씀하고 가세요."

"알았어. 미안, 미안."

현수는 잘록한 카이로시아의 허리를 감싸 안았다. 기다렸다는 듯 품속으로 무너져 내린다.

조금 가벼워졌다는 느낌이다.

'으음! 말랐군. 큼큼! 근데 이 냄새는……? 으윽!'

카이로시아의 머리에서 코가 썩을 냄새가 풍긴다. 며칠 동안 씻지 못했음이 분명하다.

"텔레포트!"

카이로시아와 현수가 나타난 곳은 테세린이다.

"어머, 여긴……. 휴우! 이제 되었네요."

카이로시아는 자신의 집무실로 되돌아왔음에 안도의 한숨을 쉰다. 이제 옷도 갈아입을 수 있고, 목욕도 할 수 있으며,

제대로 된 음식을 먹을 수 있게 되었다.

잠자리 역시 매우 포근할 것이다.

"미안해. 내가 미처 생각지 못했어. 그동안 제대로 씻지도 못했지?"

"네? 아, 아뇨. 괜찮아요."

"아냐. 내가 간단히 음식부터 만들어줄게. 그거 먹고 씻어. 옷도 갈아입고. 지금 그 옷은 여기서 입던 거잖아."

지난 이레 동안 겉옷은 물론이고 속옷도 못 갈아입었음을 눈치챈 것이다.

"……!"

카이로시아가 아무런 대꾸도 하지 않는다. 말은 안 했지만 마음고생이 심했다. 그런데 그걸 알아주니 맺힌 마음이 스르르 풀린다.

"아공간 오픈!"

현수는 재빠른 솜씨로 샌드위치를 만들어냈다.

먼저 삶은 감자 으깬 것에 마요네즈와 삶은 달걀, 오이, 햄 다진 것을 섞었다.

빵을 꺼내 테두리를 잘라내곤 양상추와 얇게 썬 토마토, 그리고 치즈와 바나나를 중간에 넣었다.

"자, 먹어봐."

"이건 뭐예요?"

"샌드위치라는 거야. 식감이 부드럽고 맛있을 거야."

"고마워요!"

샌드위치를 받은 카이로시아는 천천히 한입 베어 물었다. 현수의 말처럼 아주 부드럽다. 그리고 맛도 괜찮다.

먹는 동안 파인애플 스무디[8]를 만들어주었다.

생전 처음 경험하는 맛인지 눈을 동그랗게 뜬다. 그러는 동안 집무실 안쪽 욕조의 물을 데웠다.

적절한 온도가 될 때까지 히팅 마법으로 온도를 조절했다.

다음엔 디오나니아 꽃 한 송이를 꺼낸 뒤 꽃잎을 잘게 찢어 따끈한 물 위에 뿌렸다. 직경이 30㎝가 넘는 꽃이다. 당연히 목욕물 위를 모두 덮을 정도로 양이 많다.

일련의 작업이 이루어지는 동안 카이로시아는 샌드위치를 말끔히 먹어치웠다. 맛이 있었고 배가 고팠기 때문이다.

"로시아, 물 데워놨어. 씻어."

"네! 근데 어디 가지 마세요?"

"알았어. 여기 있을게."

카이로시아는 칸막이 뒤의 욕조에 들어가 따끈한 물로 지난 이레 동안의 피로를 씻어 내렸다.

따끈했기에 금방 땀구멍이 열린다. 그러자 디오나니아의 꽃향기가 배어든다. 이제 적어도 한 달은 향수를 뿌리지 않아

---

8) 스무디(Smoothie) : 과일 주스에 우유나 아이스크림을 넣어 만든 음료.

도 그윽하면서도 달콤한 체향을 풍기게 될 것이다.

목욕하는 동안 현수는 그녀가 걸치고 있던 의복을 세탁하려 했다. 그런데 누렇다. 세제가 없는 곳이라 이러하다.

하여 시녀들을 불렀다.

그리곤 슈퍼타이로 세탁하도록 했다.

날씨가 추운지라 곁에 서서 따뜻한 물을 쓰도록 계속 히팅 마법을 구현시켜 주었다.

마지막 헹구는 물엔 섬유유연제를 넣었다. 그리곤 건조 마법으로 말렸다.

시녀들은 옷에서도 향내가 난다면서 신기해한다.

옷을 가지고 들어가자 로시아의 음성이 들린다.

"자기! 자기! 어디 갔어요?"

"응? 아니, 나 여기 있어."

"어디 갔었어요? 몇 번이나 불렀는데 대답이 없어서 또 훌쩍 사라진 줄 알았잖아요."

"로시아 옷이 더러워서 가지고 나가 세탁하라고 했어."

"네? 그럼 난 뭘……. 자기! 미안한데, 시녀들 좀 불러주실래요? 옷이 없어요."

생각해 보니 입을 옷이 없는 것이다.

"옷 다 말려서 가져왔어. 그러니 마음 놓아도 돼. 다 씻고 나오면 전에 못 보던 것이 보일 거야. 수건이라는 건데 젖은 몸을 닦을 때 쓰는 거야."

"네."

"그걸로 물기를 닦아내고 옷을 입으면 될 거야. 젖은 머리는 대강만 말리고 나와. 나머진 내가 알아서 해줄게."

"네, 고마워요."

카이로시아는 현수의 음성을 듣자 마음이 놓이는 듯하다. 왠지 아늑하고 포근하며, 부드럽고 안락하다는 느낌이다.

잠시 침묵이 흘렀다. 그러는 동안 창가의 화분을 살폈다. 여신의 축복을 받아 그런지 아직 생생하다.

[아리아니, 이 식물 이름이 뭐야?]

[포인세라는 거예요. 잎사귀에서 좋은 향이 나죠?]

현수의 어깨 위에 내려앉은 아리아니는 창가의 화분을 바라보고 있다.

[그래, 냄새 좋아. 근데 이거 대량 재배가 가능할까?]

[물론이에요. 마나가 풍부한 곳이라면 가능해요.]

[마나가 풍부한 곳이라면 어떤 곳을 이야기하는 거야?]

[제가 있던 레어 근처요. 거긴 옛 주인님의 마나가 많죠. 근처에 옮겨 심으면 금방 개체수가 늘어날 거예요.]

아리아니는 떠나온 레어를 생각하는지 아련한 표정을 짓는다. 하긴 켈레모라니와는 수천 년을 함께했다.

그런데 헤어져 있으니 당연히 보고 싶을 것이다.

[옛 주인님이 보고 싶어?]

[네, 조금 그래요.]

역시 순수한 영혼이다. 마음속을 그대로 드러낸다.

[그럼 거기 한번 갔다 올까?]

[정말요? 언제요? 언제 가요?]

한시라도 빨리 가보고 싶어 하는 마음이 읽힌다.

[카이로시아가 목욕 다 하고 나오면 얘기하고 갔다 오자.]

[호호! 좋아요! 아이, 좋아라! 랄랄라~! 랄라랄라~!]

금방 기분이 좋아졌는지 노래까지 부른다. 그런데 멜로디
가 제법 괜찮다.

현수는 아리아니가 부르는 음계를 잘 기억해 두었다.

[여기 있는 이거 가져가면 심을 수 있을까?]

[어려운 일 아니에요. 가져가시기만 하면 자라는 건 잘 자
라게 할 수 있어요.]

[날 도와줘서 고맙다는 말은 안 할게. 아리아니를 사랑하니
까. 알았지?]

[호호! 네, 그럼요. 저도 주인님 사랑해요.]

아리아니는 기분이 좋은지 살짝 날아오르며 날개로 현수
의 귀를 건드린다. 간지러웠지만 참았다.

"아이, 개운해라."

"기분 좋지?"

"네, 자기 덕분이에요. 물이 따뜻하고 향기로워서 좋았어요. 옷은 너무 깨끗해졌고요."

카이로시아가 환한 웃음을 지어 보인다.

"나중에 한꺼번에 다 세탁하게 해줄게."

"네, 그래주세요. 이것처럼 깨끗하게는 안 빨리거든요."

"그래. 피곤할 테니 좀 쉬어. 난 어디 좀 다녀올게."

"오래 있다 와요?"

"아니. 저녁은 로시아랑 먹을 거야."

"그럼 다녀오세요."

말을 마친 카이로시아가 입술을 내민다.

무슨 뜻인지 어찌 모르겠는가! 곧 입술과 입술이 붙었다. 그리고 길고 긴 무언의 대화가 시작되었다.

카이로시아는 너무도 황홀한 느낌에 전신의 맥이 탁 풀림을 경험하는 중이다. 하지만 현수의 목을 휘감은 팔의 힘은 빠지지 않는다. 다시는 놓치지 않겠다는 마음이다.

"텔레포트!"

샤르르르릉—!

현수의 신형이 가루처럼 흩어진다.

이 모습을 지켜보던 카이로시아는 쟈가드 원단 오리털 이

불 속으로 들어간다. 조금 쉬어야겠다는 마음이 든 것이다.

그리곤 이내 깊은 잠 속으로 빠져들었다. 지난 이레간의 긴장이 비로소 풀리는 순간이다.

같은 시각, 현수는 켈레모라니의 레어가 있는 호숫가에 나타나고 있다.

"와아! 왔네요! 왔어!"

"그래, 왔어. 전과 달라진 건 하나도 없는 거 같다. 그치?"

"네, 변한 건 없네요. 여긴 늘 이러니까요. 저 잠깐 옛 주인님 좀 뵙고 올게요."

"다녀와. 난 포인세를 옮겨 심고 있을게. 어디가 좋아?"

"저기요. 저 땅에 심으면 금방 개체수가 늘어날 거예요."

"알았어."

아리아니가 레어로 들어가자 모종삽을 꺼내 포인세를 옮겨 심었다. 확실히 흙이 다르다.

비옥함을 넘어 기름이 자르르 흐르는 토양이다.

"자, 이제 다 심었다. 열심히 뿌리내려서 무럭무럭 자라라. 가이아 여신의 축복을 내리노라."

현수의 손에서 뿜어진 신성력이 포인세 주변 토양으로 스며든다. 겉보기엔 전혀 변화가 없다. 하지만 여신의 축복은 식물에게 있어 최상의 환경을 제공하는 것과 다름없다.

뿌리는 더 많아지고 길어져 사방팔방으로 뻗어 나갈 것이다. 그리고 기름진 토양의 영양분을 쭉쭉 빨아댈 것이다.

"어머! 벌써 다 하셨네요?"

"응. 그리 힘든 일은 아니니까."

"여신의 축복은 벌써 내리셨군요. 그럼 이제 제 차례네요. 조금만 기다리세요."

아리아니는 포인세 주변을 잠시 맴돌았다.

"이제 잘 자랄 거예요."

"그래야지. 근데 포인세를 더 구할 순 없을까?"

"왜요?"

"잎사귀가 많이 필요하거든."

"포인세는 흔한 식물이 아니에요. 포인세라는 말이 무슨 뜻인지 혹시 아세요?"

현수는 대답 대신 고개를 저었다.

"포인세는 '주신의 숨결' 이라는 뜻이에요. 당연히 흔한 식물이 아니지요. 웬만한 곳에선 잘 자라지도 않아요."

"그래? 그럼 아주 귀한 거야?"

"그렇다고 할 수 있어요. 하여간 얼마나 필요하신지는 몰라도 원하는 만큼 가지실 수 있도록 제가 도와드릴게요."

"고마… 아니다. 그래, 그렇게 해줘."

"헤헷! 옛 주인님께서 주인님 좋은 분이래요. 오래오래 곁에 머물라고 하셨어요."

죽은 드래곤이 무슨 뜻을 전했겠는가!

아마 아리아니가 이렇게 생각하는 모양이다. 아무튼 좋은 사람이라고 생각한다니 다행이다.

"아리아니, 당근주스와 식혜 줄게."

"호호! 좋아요!"

또 170㎝의 아찔한 미녀의 모습으로 변한다. 물론 여전히 발가벗은 모습이다. 현수는 얼른 포인세로 시선을 돌렸다.

"포인세는 기름진 토양과 적절한 마나 농도만 갖춰지면 재배할 수 있는 거야?"

"햇볕도 중요하고 충분한 수분도 공급되어야 해요."

"그야 당연하겠지. 식물이니까. 흐으음!"

코리아에 대규모 온실을 조성하는 건 어떨까 생각해 보았다. 성녀가 있으니 신성력 결계로 가능한 일이다.

온실의 중심부에 마나집적진을 설치하면 충분한 마나 농도를 갖추게 될 것이다. 불가능할 것 같지 않다.

하여 시선을 돌리려는데 아리아니 때문에 그럴 수 없다. 바로 곁에 서서 대체 무엇을 보나 살피는 중이기 때문이다.

"벌써 다 마셨어?"

"네, 이거 두 가지는 언제 먹어도 맛있어요. 혹시 섞어 먹어도 맛이 좋을까요?"

"글쎄. 권하고 싶지는 않네. 괴상한 맛일 거야."

"그래요? 근데 저게 얼마나 많이 필요한 거예요?"

진심으로 궁금하다는 듯 눈을 동그랗게 뜨고 있다. 너무도 예뻐 깨물어주고 싶을 정도이다.

"많으면 많을수록 좋지."

"알았어요. 최대한 많이 자라게 해볼게요. 근데 시간이 필요한 건 아시지요?"

"그럼. 그나저나 여기 계속 있어야 해?"

"아뇨. 이젠 가도 돼요. 옛 주인님을 봤으니까요."

"좋아, 그럼 테세린으로 가자. 로시아가 기다리니까."

"그래요. 가요."

아리아니가 30㎝ 크기로 모습을 바꿔 현수의 어깨 위에 올라탄다. 그리곤 귀를 잡는다. 이동 준비 완료라는 뜻이다.

"텔레포트!"

샤르르르릉―!

현수와 아리아니의 신형이 사라졌다. 그리고 얼마 지나지 않아 포인세가 있는 곳을 중심으로 변화가 일어난다.

땅속에선 여신의 축복과 요정의 가호를 받은 뿌리가 맹렬한 속도로 범위를 넓혀 가는 중이다.

그런데 포인세는 기는줄기[Stolon] 식물이다.

하여 줄기가 땅 위를 기어가듯 뻗어 나가면서 마디마다 부정근9)이라는 뿌리가 생성되도록 한다.

하나가 만들어지면 더운 물에 잉크 풀어지듯 뿌리가 뻗는다. 그리곤 연한 잎사귀들이 솟아 나오고 있다.

현수와 아리아니가 사라지고 대략 한 시간 정도 지났을 때 포인세가 차지한 범위는 상당히 넓어졌다.

달랑 한 포기만 심었는데 벌써 100포기가 넘는다. 그리고도 계속해서 뻗어 가는 중이다.

켈레모라니의 레어가 있는 호수는 상당히 넓다.

원형에 가까운데 반지름은 약 2㎞ 정도 된다.

호수가엔 나무들이 없다. 그렇게 되도록 아리아니가 조절한 까닭이다.

이곳은 짐승이나 몬스터도 오지 않는다. 레어가 있는 물에 더러운 주둥아리를 들이대는 걸 용납하지 않기 때문이다.

대신 작은 물줄기를 여러 개 숲 속으로 내줬다.

길이가 약 4㎞에 해당하는 이것들의 끝에도 호수가 있다. 물론 규모는 훨씬 작다. 이것들의 반지름은 약 500m이다.

그리고 모든 물고기가 이곳에 서식한다. 근방에 있는 몬스터와 짐승들이 목을 축이는 곳이기도 하다.

아무튼 호숫가로부터 약 200m 주위는 나무 없이 풀만 자라고 있다. 그나마 무성하지도 않다. 이곳에 잎사귀 무성한 나무가 있으면 호수로 낙엽을 떨구게 된다. 그것들이 쌓이는

---

9) 부정근[不定根, Adventitious root] : 꺾꽂이나 휘묻이를 하였을 때 줄기나 잎에서 나오는 뿌리와 같이 정해진 자리가 아닌 데서 나오는 뿌리.

것이 싫어 자라지 못하도록 한 것이다.

어쨌거나 텅 비어 있는 이곳 전체로 포인세가 영역을 넓히는 중이다. 아리아니로부터 허락을 받은 것이다.

면적을 계산해 보면 약 2.64㎢의 범위이다. 한국식으로 계산하면 약 80만 평 정도 된다.

졸지에 엄청난 넓이의 포인세 재배지가 생겨난 것이다. 잎사귀가 돋으면서 향기가 뿜어진다.

시간이 더 흐르면 호수의 중심부까지 이 향기가 미칠 것이다.

아리아니가 포인세의 생장을 허락한 이유가 여기에 있다.

포인세의 향기는 세상 만물의 부패를 억제하고 악취를 제거하는 기능이 있다. 켈레모라니의 사체는 언젠가 부패되기 시작할 것이다. 그걸 억제하고 싶었던 것이다.

물론 몸에 해로운 성분은 하나도 없다. 오히려 폐부를 튼튼히 해주는 좋은 성분이 많이 함유되어 있다.

현수가 테세린 이레나 상단 지부장실에 당도하자마자 기다렸다는 듯 카이로시아가 후다닥 다가선다.

"자기야, 큰일 났어요."

"큰일? 무슨 큰일?"

카이로시아의 얼굴이 하얗게 질려 있는 것으로 미루어 짐작컨대 결코 좋은 일은 아닌 듯싶다.

"로잘린이… 로잘린이 위험해요."

"뭐? 대체 무슨 소리야?"

이번엔 현수의 표정이 급변했다.

"조금 전에 롤랑 마법사님으로부터 연락이 왔어요."

롤랑은 현수로부터 4서클 마법사라는 것을 인증 받은 로니안 자작의 영지 마법사이다.

수도로 향하는 이번 행렬에 동행했다. 임무는 로니안 자작 일가의 안위를 지키는 것과 연락이다.

수도로 향하기 전 로잘린은 당분간 헤어져 있어야 함을 알리려 카이로시아를 찾았다.

그때 무슨 일이 있으면 꼭 연락하라는 당부를 했다.

현수가 언제 올지 모르고 어디에 있는지도 모르지만 상단 연락망을 이용하면 도움을 줄 수도 있기 때문이다.

잠깐 자고 일어난 카이로시아는 밀린 업무를 처리했다. 그러던 중 상단 마법사의 다급한 방문을 받았다.

롤랑 마법사가 이레나 상단 지부를 통해 긴급한 통지문을 보냈는데 그것이 당도했다며 온 것이다.

롤랑에 대해 이야기를 들은 현수가 물었다.

"그래서, 롤랑 마법사가 뭐라고 했는데?"

"로니안 자작 일행이 바다에서 해적을 만났대요."

"뭐? 해적이라고?"

"네, 대륙 남부엔 50여 개의 크고 작은 섬으로 이루어진 파이렛 군도가 있어요."

"파이렛이라면 해적?"

"네, 해적들의 근거지라 파이렛 군도라 불러요."

"그런데?"

"자작님 일가가 승선한 배가 그놈들에게 포위당해 공격받는 중이라는 메시지가 왔대요."

"언제?"

"메시지가 최초로 당도한 시각은 몰라요. 지부로부터 이쪽으로 계속 전송되어 연락 온 거니까요."

"그럼 어디에 있었는지 위치는 알아?"

"잠깐만요. 롤랑 마법사님이 좌표를 불러줬어요."

메모를 찾는 카이로시아는 그녀답지 않게 당황한 듯 몹시 서두르고 있다. 친자매처럼 지낸 로잘린이 위험에 빠져 있다 하니 그럴 것이다.

"여, 여기요."

"으음!"

좌표를 확인해 보니 현재 있는 곳보다 훨씬 남쪽이 맞다.

"다녀올게. 텔레포트!"

샤르르르릉—!

털썩—!

현수가 사라지자 카이로시아는 주저앉는다,

소식을 들은 순간부터 과도하게 긴장하고 있었다. 그런데 현수가 현장으로 갔다. 안심이 되면서 맥이 탁 풀린 것이다.

'아아! 로잘린, 제발 무사하길……'

*   *   *

"여긴……? 으읏! 플라이!"

현수가 텔레포트하여 당도한 곳은 거친 바다 위였다. 떨어지려는 몸을 플라이 마법으로 뽑아 올렸다.

주변을 둘러보니 사방이 망망대해이다.

육지로부터 얼마나 멀리 떨어져 있는지 알 수 없다. 수평선만 보일 뿐이기 때문이다.

아무튼 도착한 곳엔 아무것도 없다. 하여 조금 더 높이 상승하여 주변을 살폈다.

하늘에는 구름이 잔뜩 끼어 있다. 공기 맑은 청정 지역이지만 너무 흐려서 가시거리는 10㎞ 이내일 것이다.

사방을 둘러보았으나 여전히 수평선뿐이다.

'뭐야? 좌표가 잘못된 거야? 왜 아무것도 없어?'

다시 둘러봐도 눈에 뜨이는 건 아무것도 없다. 그렇기에 롤랑이 잘못된 좌표를 전송했다 생각하는 것이다.

"위급한 순간이라 좌표를 잘못 읽었나? 아님 소식을 전한 게 오래된 건가?"

고개를 갸우뚱거린 현수는 일단 남쪽으로 이동했다.

파이렛 군도가 대륙의 남쪽에 있다고 했으니 찾아가 보려는 것이다. 한참을 비행했다. 거리로 따지면 약 10㎞이다.

"앗! 저건……?"

멀리 모락모락 피어오르는 연기가 보인다. 하여 최대한 빠른 속도로 접근했다.

도착한 바다 위엔 불타 버린 배의 잔해가 널려 있다.

이렇게 되기 전까지는 약 100명 정도 되는 인원이 승선할 만큼 큰 배였던 듯싶다.

궤짝 하나가 둥둥 떠다니기에 가까이 다가가려는데 물속에 뭔가가 움직이고 있다. 상당히 크다 싶어 대형 수중 몬스터라 생각하고 안력을 돋우었다.

그런데 하나가 아니다. 손바닥보다 조금 더 큰 물고기 떼가 뭉쳐 있어 마치 하나로 보인 것이다.

이것들은 몇몇 곳으로 몰려드는 중이다.

"뭐지? 앗! 저건……!"

물고기들이 죽은 선원들의 시체를 뜯어 먹고 있다. 그런데 속도가 빠르다. 바다에 사는 피라니아[10] 종류인 듯싶다.

"이런······!"

이러 종류는 캐러나데 사막의 오아시스에서도 보았다. 지금 디오나이아 정글이 형성된 곳에 있다.

이곳 명칭으로 라니야이다. 녀석들이 담수어였다면 이놈들은 해수에서 서식하는 모양이다.

"라이트닝! 라이트닝!"

파지직! 파지지지직!

전류가 파고들자 화들짝 놀라며 산지사방으로 흩어진다. 물속엔 반쯤 뜯긴 시체가 가라앉는 중이다.

남자이며 선원이었던 것 같다. 워낙 물이 맑아 20m 깊이에 있음에도 식별된다.

이때 뭔가가 무시무시한 속도로 헤엄쳐 온다. 몸길이는 대략 30m쯤 되어 보인다. 이놈은 다가오자마자 두 구의 시신을 삼켜 버린다. 그리곤 더 없나 살피더니 유유히 사라진다.

지구에도 이런 녀석이 있었다. 약 160만 년 전에 멸종된 것으로 추정되는 메갈로돈(Megalodon)이다.

몸길이가 13~15m 정도이며 몸무게는 10톤에 달했다고 한다. 지구의 어류 역사상 가장 큰 육식 어류였을 것으로 추정되며, '자이언트 상어'나 '괴물상어' 등으로 불린다.

방금 왔다가 사라진 녀석도 이것의 한 종류인 듯싶다.

---

10) 피라니아(Piranha) : 원주민 말로 '이빨이 있는 물고기'라는 뜻. 열대성 담수어. 몸길이 30㎝. 육식성으로 성질이 흉포하여 하천을 건너는 소나 양 등을 습격하고 무리를 지어 공격해서 뼈와 가죽만 남기고 살은 모두 먹어 치운다.

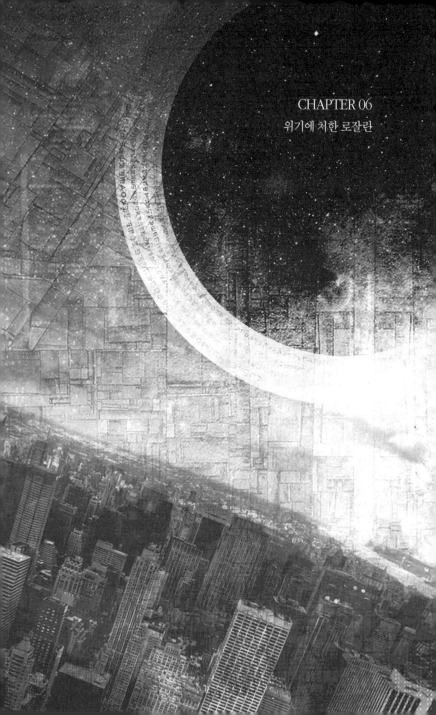

CHAPTER 06
위기에 처한 로잘린

전능의팔찌
THE OMNIPOTENT
BRACELET

"그놈 참 잽싸기도 하네."

메갈로돈이 사라진 쪽을 살핀 현수는 물 위에 떠 있는 잔해 위로 내려앉았다. 그리곤 궤짝을 끌어당겨 열었다.

"앗! 이건 세실리아 부인의 것인데!"

현수의 장난으로 로잘린이 정신적 순결을 잃었으니 책임지라며 다그치러 왔을 때 입고 왔던 옷이 분명하다.

이게 바다 위를 둥둥 떠다닌다 함은 로니안 자작 일가가 탄 배가 침몰되었음을 의미한다.

'그렇다면 승선해 있던 인원들은?' 이라는 생각이 들자마자 몸을 뽑아 올렸다.

"플라이!"

사방을 둘러보았다. 여전히 망망대해이다. 물속도 살폈으
나 남은 게 없다.

해수 피라니아가 다 뜯어 먹었거나 메갈로돈의 뱃속으로
들어갔을 것이다.

'설마 아니겠지. 제발 아니기를……'

문득 로잘린의 모습이 떠오른다. 청순미 넘치는 순결한 여
인이다. 그런 여인이 피라니아의 이빨에 갈가리 찢겼을 수도
있다는 생각을 하자 분노가 치솟는다.

현수는 남쪽으로 더 이동했다. 가도 가도 망망대해뿐이다.
그럼에도 멈추지 않고 사방을 살피며 계속 남진했다.

그렇게 30㎞ 정도 이동했을 때 수평선 끝에 몇몇 점이 나타
난다. 속력을 높여 다가가 보니 섬이다.

오랜 비행을 했기에 일단은 내려앉았다.

파란색만 보다 초록색을 보니 시원한 느낌이다.

이 섬은 해수면으로부터 약 50m 정도 솟아 있다. 전체적인
모양은 수학에서 말하는 오목사각형이다.

약간의 구릉으로 이루어진 섬의 면적은 약 4㎢ 정도 된다.
평수로 환산하면 약 121만 평이다.

나무도 많고 풀도 많이 자라 있다. 하지만 인적은 없다.

사방은 깎아지른 절벽인데 사람들이 오르기 힘들게 비스듬하게 경사져 있다. 해식절벽[11]이다.

게다가 파도가 세서 배를 댈 곳이 마땅치 않다.

바다를 내려다보니 메갈로돈 같은 놈이 많은 듯하다. 제법 큰 녀석들이 주변에서 어슬렁거리는 중이다.

현수는 마나심법으로 소모된 마나를 다시 채웠다. 비행 마법을 워낙 오래 시전했기 때문이다.

그리곤 아공간에서 간단히 간식을 꺼내 먹었다.

먹는 동안 시선은 남쪽에 두었다. 50여 개의 섬으로 이루어진 파이렛 군도가 있을 방향을 가늠해 보았다.

물도 꺼내서 마셨다.

그러고 보니 여기저기 웅덩이가 보인다. 내린 비가 완만한 경사를 따라 흘러내려 만들어진 듯하다.

가까이 다가가 보니 깊이도 꽤 깊다.

새삼 둘러보니 나무도 많고 먹을 수 있는 열매도 많이 매달려 있다. 무인도인지라 아무도 따 먹지 않아 바닥에 떨어진 것은 썩고 있다.

"흐음! 총알개미와 타란툴라 호크, 그리고 전투모기라 불리는 흰줄숲모기를 풀어놓으면 상당히 괜찮은 징벌장이 만들어지겠군. 이름은 뭐로 하지?"

---

11) 해식절벽[Sea Cliff] : 파도, 조류, 해류 등의 침식으로 깎여 해안에 형성된 절벽. 해식애(海蝕崖)라고도 한다.

이곳은 사방이 바다인 곳이다. 총알개미나 타란툴라 호크, 그리고 전투모기는 결코 이 섬을 벗어날 수 없다. 따라서 아르센 대륙의 식생에 아무런 영향도 끼치지 못한다.

"여길 벌레도라 하면 어떨까?"

개미나 모기 같은 벌레를 데려다놓아서가 아니다. 이곳에 데려다놓을 것들이 벌레만도 못한 존재라 생각한 것이다.

"명칭이야 어떻든 괜찮은 곳 하나 발견했네. 일단은 개미나 모기 등을 먼저 데려다놓아야겠군. 좌표는……."

좌표를 확인한 후 기록해 두었다.

그리곤 총알개미와 타란툴라 호크, 그리고 전투모기 먼저 가져다 놓아야 함을 메모했다.

이놈들의 숫자가 확실히 늘었을 때 지구로부터 격리되어 마땅한 자들을 데려다놓을 것이다. 그래야 죽을 것 같은 고통 속에서 발버둥 칠 것이기 때문이다.

고통을 견디다 못해 절벽 아래로 몸을 날려도 살 확률은 거의 없다. 해식대지가 조성되어 있어 수심이 깊지 않기 때문이다. 떨어지면 두개골 파열 등으로 죽게 될 것이다.

운 좋게 살아난다 해도 주변을 어슬렁거리는 메갈로돈의 먹이가 될 것이다.

"흐음! 여긴 왜곡된 역사 교과서와 연관된 자들을 데려다 놓는 것이 좋을 것 같군."

일본 놈들이야 나라 자체가 다른 놈들이다. 따라서 다른 민족에게 반감을 가질 수도 있다.

하지만 왜곡된 역사 교과서를 저술하거나 출판될 수 있도록 수를 쓴 자들은 모두 한국인이다.

이놈들은 민족을 배반한 자이다.

당연히 징벌의 강도가 일본 놈들보다 훨씬 강해야 한다.

총알개미와 타란툴라 호크, 그리고 전투모기가 우글거릴 이곳이야말로 놈들에게 고통을 안겨주기 딱 좋은 곳이다.

가능하다면 악어나 아나콘다도 몇 마리 데려다놓으면 금상첨화일 것이다.

"플라이!"

다시 몸을 띄웠다. 그리곤 근두운(筋斗雲)을 탄 손오공처럼 손으로 햇빛을 가리고 사방을 둘러보았다.

여전히 망망대해로 수평선만 보인다. 하지만 에서 멈춰 있을 수는 없었다.

현수는 다시 남쪽 바다를 뒤지기 시작했다. 그렇게 30km쯤 이동했을 때 범선들을 발견할 수 있었다.

상당히 먼 거리이지만 열두 척을 헤아릴 수 있었다.

그중 다섯 척의 마스트 꼭대기엔 해골 아래에 팔뼈가 교차된 해적기가 너풀거리고 있다.

"흐음, 저건가?"

속도를 높여 다가가는 동안 범선들은 항구에 접안했다.

"어서 내려! 내리란 말이야!"

휘이익! 철썩ㅡ!

"으으윽!"

채찍에 맞은 선원이 비틀거리며 발판을 딛고 내린다.

파도 때문에 배가 흔들리고 있는지라 균형 잡기가 어려워 조심스럽게 움직일 수밖에 없다.

"이런 느려터진 놈! 어서 내리라는 말이 안 들려?"

휘이익! 철썩ㅡ!

"아앗!"

풍덩ㅡ!

"어푸어푸! 사, 사람 살려! 어푸어푸!"

발을 헛디뎌 바다로 빠진 어부는 묶인 두 손으로 허우적거린다. 그런 그에게 다가가는 것들이 있다.

해수 피라니아이다.

"아악! 이게 뭐야? 사, 사람 살려! 아아아아아아악!"

길고 긴 비명을 지르는 동안 어부가 빠진 바다가 붉게 변한다. 피라니아들이 달려들어 살점을 찢어낸 때문이다.

"봤지? 늦게 내리는 놈들은 저렇게 된다! 어서 내려!"

어부 하나를 피라니아의 먹이가 되게 한 해적의 말에 뒤에서 있던 자들은 부들부들 떨고 있다.

발판은 좁고 길다. 게다가 위아래로 흔들리는 중이다. 웬만큼 숙달된 사람이 아니라면 균형을 잡기 힘든 상황이다.

"어서 안 내려?"

휘이익! 철썩―!

"크으윽!"

채찍이 날아와도 피할 수 없다. 피하려다 떨어지면 물고기 밥이 되기 때문이다.

"어서 내려가! 어서!"

해적은 입가에 조소를 베어 물고 있다. 이런 상황 자체를 즐기는 것이다. 그렇기에 계속 재촉하며 쉴 새 없이 채찍을 휘두른다. 이 상황을 보며 킬킬대는 놈들이 있다.

물론 다른 해적들이다.

"어서 내려! 뭐야? 어어어어!"

채찍을 휘두르던 해적이 갑자기 균형을 잃는다. 어떻게든 균형을 잡으려 했으나 소용없는 일이다.

지속적으로 미는 힘이 작용하는 중이기 때문이다.

물론 이 힘은 현수가 보내는 힘이다. 해적선 가까이 당도하자마자 퍼펙트 트랜스페어런시 마법으로 은신했다.

그리곤 가까이 다가가 해적을 밀어버린 것이다.

풍덩―!

"아악! 살, 살려줘! 아아아악!"

바다의 한 부분이 뻘겋게 물든다. 킬킬대던 해적들이 놀란 표정으로 뱃전을 잡고 아래를 바라본다.

동료가 피라니아에게 잡아먹히는 광경을 보는 것이다.

"어어! 뭐야?"

"뭐야? 누구야?"

풍덩―! 풍덩―!

두 해적 역시 물에 빠졌다. 현수가 다리를 들어 올려 버린 때문이다.

"아악! 아아아아아악!"

또 바다가 붉어지기 시작한다.

해적들은 어떻게든 살아보겠나고 발버둥 치시만 아무도 구해줄 수 없는 상황이다.

배에 남은 사람들은 모두 손목이 묶여 있기 때문이다.

이들을 갑작스런 일에 몹시 당황한 표정을 짓는다. 부두 저쪽으로부터 달려오는 해적들 때문이다.

동료가 물에 빠져 피라니아에게 뜯기는 걸 본 모양이다.

해적들은 잡아온 노예들에 의해 동료가 물에 빠진 것으로 오해하고 오는 중이다.

흉흉한 기세로 다가와선 날랜 솜씨로 발판을 딛고 배로 올랐다. 하지만 딱 거기까지이다.

뱃전까지는 올랐지만 배에 발을 들여놓지는 못했다. 갑작스레 미는 힘이 작용하여 바다로 빠진 때문이다.

"아앗! 왜 이래?"

"헉! 뭐야?"

풍덩! 풍덩―!

"아아아악! 아아아아아악!"

온몸에서 느껴지는 강렬한 고통에 길고 긴 비명을 지르지만 피라니아에겐 자비심이라곤 없다.

오로지 먹이에 붙은 살점을 뜯는 일이 중요한 때문이다.

또 다른 해적이 뛰어 올라온다. 그 역시 피라니아의 먹이가 되었다. 네 번째로 올라오던 녀석도 마찬가지다.

일련의 과정을 지켜본 해적들은 노려보기만 할 뿐 배로 오르지 않는다.

노예들은 두 손이 묶인 채 멀찌감치 물러나 있다.

다시 말해 노예들이 배에 오르지 못하도록 수작 부리는 것이 아니다. 그럼에도 동료들이 배에 오르지 못하고 빠졌다.

발판이 아주 심하게 흔들리는 모양이다. 그렇다면 올라갈 일이 없다. 하여 사나운 표정으로 눈을 부라린다.

"모두… 내려와! 빨리! 안 내려오면… 너! 그래, 너 말이야! 너부터 내려와!"

해적의 일갈에 노예 중 하나가 조심스레 발판을 딛는다.

여전히 파도 때문에 출렁이고는 있지만 한 발짝 한 발짝 조심스레 내려간다.

아무도 말이 없다. 그저 보고만 있을 뿐이다.

"으읏!"

중간에 좌우로 크게 흔들렸다. 하지만 떨어지진 않았다. 간신히 균형을 잡은 것이다.

"휴우~!"

긴 한숨을 내쉰 노예는 천천히 내려가 결국 땅을 밟았다.

"다음은 너! 그래, 너 말이야! 멀대같이 키만 큰 놈!"

"흐음~!"

지적받은 키 큰 녀석도 조심스레 내려갔다.

현수는 배에 남은 인원을 살폈다. 아직 이십여 명이 갑판에 있다. 선실엔 얼마나 있는지 모른다.

하여 아래로 내려가 봤다.

발목에 쇠고랑을 찬 노예들이 쉬고 있다. 다들 가죽 포대에 담긴 물을 마시느라 여념이 없다.

'여긴 없나 보군.'

몸을 날려 다른 배들도 찾아보았다. 하지만 로니안 자작 일가는 어디에도 보이지 않는다.

'흐음! 일단 올라가 봐야겠군.'

해적들의 뒤쪽으로 내려가 그중 하나의 뒤통수를 갈겨 기절시켰다. 그리곤 녀석의 옷을 벗겼다.

더러운 냄새 작렬이다. 웬만하면 입고 싶지 않다. 하지만 섬을 활보하려면 해적 같은 복장이어야 한다.

"크으~! 냄새. 워싱, 클린! 워싱, 클린!"

기절한 녀석에겐 딥 슬립 마법을 걸었다. 그리곤 수풀 속에 넣었다. 열두 시간은 꼼짝도 안 하고 잘 것이다.

"흐흠!"

숲에서 용변을 보고 나오는 척하며 사람들 틈에 섞였다.

"이봐, 너는 처음 보는 얼굴인데?"

해적 가운데 하나가 현수를 보고 소리친다.

"나?"

"그래! 어디 소속이야?"

"소속?"

"그래! 외팔이 후크 소속이야?"

현수는 잠시 머뭇거렸다. 이때 누군가가 거든다.

"아! 오늘 찌질이 케빈 두목네서 누구 하나 온다고 했어."

"맞아! 그러니까 후크 두목네 아니면 케빈 두목네야!"

"맞아?"

현수에게 어서 대답하라는 표정으로 바라본다.

"너, 우리 두목에게 찌질이라고 했지?"

현수가 부러 화난 척하자 상대는 괴소를 머금는다.

"어이쿠! 무서워라! 얘들아, 케빈네 쫄다구가 자기 두목 찌질이라고 불렀다고 화낸다!"

"크크! 크크크!"

"그래도 자기 두목이라고 챙기는 거냐? 크크! 케빈은 똥싸개라고, 똥싸개! 자다가 선실에 똥 싸는 놈이 찌질이지 그럼 아니냐? 크크크!"

"와하하하하!"

현수는 처음 듣는 이야기이다.

파이렛 군도의 해적은 세 개 조직으로 나뉘어 있다. 서로 불가침을 약속했고, 가끔은 공동 작전도 펼친다.

애꾸눈 잭, 외팔이 후크, 그리고 날다람쥐 케빈이 각각의 수장이다.

방금 언급된 케빈 두목은 술을 좋아한다.

그런데 심각한 과민성대장증세[12]를 겪고 있다. 하여 술 마신 다음 날이면 후다닥 달려가는 모습을 보여주곤 한다.

그 모습이 너무 잽싸서 날다람쥐 케빈이라 불린다.

얼마 전, 케빈은 화장실을 가려다 자기 선실에서 엎어졌다. 그리고 그 순간 괄약근[13]의 힘이 풀려 버렸다.

그 결과 선실은 지독한 냄새가 가득한 곳이 되었다.

---

12) 과민성대장증세 : 스트레스, 과로, 음주, 과식, 불규칙한 식사 등으로 인한 신체 반응. 가스가 많이 차거나 복통을 동반한 설사, 또는 변비 증상을 보인다.
13) 괄약근(括約筋) : 조임근(Sphincter)이라도 한다. 대개 고리 모양을 하고 있는 구조물로 수축과 이완을 통하여 신체기관의 통로 및 입구를 닫고 연다. 인간의 신체에는 50개가 넘게 존재한다.

애들도 화장실은 가린다. 그런데 케빈은 그러지 못했다. 하여 찌질이 케빈으로 불리는 것이다.

"……!"

현수는 짐짓 화났으나 쪽수가 적어 대들지 못한다는 표정을 지었다.

"자자, 어서 가자! 어서 가! 얼른 가서 오늘의 전과를 나눠야지. 안 그래?"

"그럼, 그럼! 어서 가자고."

"그나저나 오늘은 꽤 잘빠진 계집이 여럿 있었는데 우리한테도 차례가 올까?"

"그건 두목이 알아서 할 일이지. 자, 가세."

누군가 앞장서자 나머지 해적들이 잔뜩 겁먹어 눈치만 살피는 노예들을 쿡쿡 찌른다. 따라가라는 뜻이다.

해적은 고작 열여섯 명이지만 체격 건장한 노예는 팔십에 이른다. 그럼에도 어느 누구도 달려들거나 도주하려 하지 않는다. 두 손이 묶인 상태이므로 덤벼봤자 소용없기 때문이고, 도주해도 갈 곳이 없는 섬이기 때문이다.

사람들은 잘 모르지만 파이렛 군도 주변은 해수 피라니아가 완전히 장악하고 있다. 하여 일찌감치 어업은 포기했다.

섬의 면적은 결코 작은 편이 아니다.

대한민국의 섬의 서열을 보면 다음과 같다.

1위 : 제주도 (면적 1,840㎢, 인구 65만 명)

2위 : 거제도 (면적 383㎢, 인구 25만 명)

3위 : 진도 (면적 334㎢, 인구 4만 명)

파이렛 군도에는 제주도보다 약간 큰 섬 세 개가 있다.

각각 애꾸눈 잭, 외팔이 후크, 그리고 날다람쥐 케빈이 자리 잡고 있다.

거제도와 비슷한 크기의 섬은 20개이고, 진도와 크기가 비슷한 섬은 36개이다.

이 중 21개는 애꾸눈 잭의 명령을 받고, 19개는 외팔이 후크, 나머지 16개는 날다람쥐 케빈의 소속이다.

전체 면적은 약 2만 6,000㎢ 정도 된다.

경기도 전체 면적이 약 1만 136㎢이니 2.5배 정도 된다.

총 59개의 섬에 사는 인원은 약 300만 명이다. 이 중 약탈에 직접 나서는 해적은 50만 명이다.

나머지 250만 명은 가족, 또는 노예이다.

어쨌거나 이 땅에서 농사를 지으면 전체 인원 300만 명 정도는 충분히 먹고살 수 있다.

개간만 하면 그 정도 농토는 충분히 조성되기 때문이다.

그럼에도 농사를 짓지 않고 해적질을 하는 이유는 그게 더

편해서이다.

힘들여 농사짓지 않아도 수확기가 되면 대륙 남부를 오가는 상선들로부터 곡식을 얻을 수 있다. 물론 약탈이다.

뿐만 아니라 노예까지 덤으로 얻는다.

평상시엔 상선 등을 털어 생필품을 조달한다. 이마저 부족하면 왜구들이 그러했듯 육지에 올라 노략질을 한다.

이 과정에서 납치된 여자들은 해적의 노리개가 되어 평생을 농락당하면서 허드렛일까지 해야 한다.

해적의 새끼를 낳는 건 부수적인 일이다.

가끔 귀족이 납치되는 경우가 있다.

남자의 경우는 높은 몸값, 또는 필요한 물자를 받고 풀어준다. 상대가 뜨뜻미지근하게 나오면 실컷 두들겨 팬 후 노예로 부려먹거나 죽인다.

귀족가의 여자는 크게 두 가지로 나뉜다.

나이 많은 부인이거나 아직 어린아이인 경우는 몸값만 받고 풀어준다. 그런데 젊은 여자의 경우는 조금 복잡해진다.

참고로 젊다는 기준은 13세부터 40세 미만을 뜻한다.

얼굴 반반한 여인은 해적 가운데에서도 서열 높은 자들이 차지한다. 몸매가 꽝이거나 못생긴 여인들은 거의 창녀 수준이 되어 이 해적, 저 해적에게 농락당한다.

그 과정에서 임신을 하게 되면 해적의 아이를 낳는다. 그리곤 파이렛 군도에 눌러앉게 되는 것이다.

해적들의 뒤를 따라가는 동안 이 섬이 애꾸눈 잭의 관할 중 하나라는 걸 알게 되었다.

이들은 오늘 이십 척의 배를 나포하였다.

이 중 열여섯 척은 미판테 왕국과 융크 왕국, 그리고 제라스 왕국 사이에서 삼각무역을 하는 상선이다.

나머지 네 척 중 둘은 미판테 왕국 군소 상단의 상선이었고, 두 척의 배는 귀족 일가와 그들을 호위하는 기사, 그리고 마법사 등이 승선한 배였다.

바다를 오가는 상선은 해적이 있음을 알기에 용병들을 승선시켜 해전을 대비한다.

해적들이 난폭하고 잔인하다고는 하지만 용병들 역시 전장을 누비며 실력을 키워온 자들이다. 그렇기에 같은 수의 해적을 만나면 지지는 않는다.

그런데 오늘은 재수가 없었다. 이십 척의 배를 무려 백 척이나 되는 해적선이 둘러싼 것이다.

1 : 5의 해전이 벌어졌다. 그 과정에서 상선 호위 용병 대부분이 목숨을 잃었다.

로니안 자작의 기사들과 롤랑 마법사 등도 나서서 결사항전을 벌였다. 그런데 해적들의 무기는 쇠뇌이다. 활과 달리 한 손만으로도 조준하고 사격할 수 있다.

기사들은 흔들리는 배에서 균형을 잡으려 애쓰는 가운데 두 손으로 검을 쥐고 있으니 상대가 될 수 없었다.

　마법사도 마찬가지이다. 룬어를 영창해야 하는데 멀미 때문에 죽겠다. 어찌 제대로 마법을 구사하겠는가!

　아무튼 100척의 해적선이 완전히 에워싼 채 쇠뇌로 위협을 가하면서 항복을 요구했다.

　물론 거절했다. 그러자 불화살을 쏴댔다. 선원들은 물론이고 기사와 마법사까지 나서서 화재를 진압해야 했다.

　그러는 사이에 해적들이 갈고리를 건 뒤 일제히 승선했다.

　치열한 접전이 벌어졌다. 기사와 마법사들은 확실히 해적들보다 무력이 강했다. 하지만 중과부적이었다.

　기사와 마법사들을 쇠뇌에서 발사된 볼트에 당해 하나둘 쓰러졌다.

　현수에게 한 수 배워 소드 익스퍼트 중급으로 올라선 기사 크린스와 수문병사 에밀리도 놈들에게 당했다.

　이에 분노한 로니안 자작이 나서서 검을 휘둘렀다.

　현수가 마법을 인챈트 해준 아밍 소드는 샤프니스와 스트렝스, 그리고 체인 라이트닝이 인챈트 되어 있다.

　그렇기에 자작은 성난 사자처럼 해적들을 휩쓸었다. 그 과정에서 세 번의 체인 라이트닝이 구현되었다.

　그렇게 하여 배에 오른 자들을 다 해치웠을 때 자작은 숨을 헐떡이고 있었다. 사람이니 지친 것이다.

그런데 그만한 수의 해적들이 또 승선했다.

이들은 자작을 상대하지 않고 세실리아 부인과 로잘린을 겨냥했다. 그리곤 검을 버릴 것을 요구했다.

사랑하는 아내와 딸이 목숨을 잃을 위험에 처하자 자작은 검을 쥔 손에서 힘을 뺐다.

챙그랑—!

아밍 소드가 바닥에 떨궈지자 해적 하나가 잽싸게 가져갔다. 마법이 인챈트된 건 보물 대접을 받기 때문이다.

아무튼 자작은 해적의 포박에 순순히 응했다. 물론 아내와 딸 때문이다. 모두 포로가 된 것이다.

"그러니까 그 귀족은 지금 잭 두목에게 끌려간 겁니까?"

"아니. 잭 두목은 본섬으로 돌아간 지 꽤 되었어. 위에 있는 건 부두목이야. 그나저나 아까 보니까 귀족 놈 부인과 딸이 아주 반반하더라고. 호색한 부두목께서 그냥 두시겠어?"

"크크! 그렇지. 그중 나이 든 년은 우리에게 주실 거야. 딸년이 아주 싱싱하고 반반했으니까."

"야야, 그것도 위에서 먼저 쓱싹해야 우리 차례가 되는 거야. 넌 한참 기다려야 해."

"상관없어. 난 귀족 년을 품는 맛만 보면 되니까. 크흐흐!"

해적들은 음담패설을 하며 섬 안쪽으로 접어들었다. 이때 후미에 있던 현수의 신형이 사라졌다.

정보를 습득했으니 이제 구하러 갈 시간인 것이다.

"호오! 반반하군, 반반해."

애꾸눈 잭 일당의 부두목은 기둥에 묶인 모녀를 차례로 훑어보며 음흉한 시선을 보내고 있다.

그리곤 손에 들고 있던 나이프를 핥는다.

"너! 그리고 너! 크흐흐! 누굴 택할까?"

놈은 아주 맛있는 음식 두 가지 중 무엇을 먼저 먹을지 고민하는 듯한 표정을 짓는다.

세실리아 부인은 우아하고 고결해 보인다. 로잘린은 청순하면서도 섹시하다.

"우우! 우우우!"

다른 기둥에 묶여 있는 로니안 자작은 몸부림치고 있다.

입에 물린 재갈 때문에 말은 못하지만 눈에서 불꽃이 튀고 있다. 더러운 해적 놈이 사랑하는 아내와 딸을 어쩌려 한다는 것을 알기 때문이다.

"부두목, 고르셨습니까?"

"기다려! 아직 장고가 끝나지 않았으니까."

"알겠습니다. 아무튼 빨리 고르십시오."

부두목에게 겁도 없이 재촉하는 놈은 나이 서른쯤 된 기골이 장대한 해적이다.

해적질을 하면서 입은 상처 자국을 자랑이라도 하듯 상의를 벗고 있다.

부두목이 둘 중 하나를 고르면 나머지는 이 녀석이 차지한다. 이 섬에선 서열 2위인 것이다.

나이는 좀 들었지만 세련되고 우아한 세실리아도 좋고, 싱싱하고 섹시해 보이는 로잘린도 좋다. 누구라도 좋으니 얼른 끌고 가서 끓어오르는 욕망을 채워야겠기에 독촉한 것이다.

"흐음! 누구를 고른다?"

부두목과 시선이 마주친 세실리아는 얼른 고개를 흔든다.

로잘린도 마찬가지이다. 고양이 앞의 쥐처럼 잔뜩 겁먹은 표정으로 고개만 흔들 뿐 아무런 소리도 내지 못한다.

"부두목, 언제까지 고르실 겁니까? 벌써 한 시간이나 지났습니다. 얼른 골라주십시오."

"기다리라고 했다, 헤이달! 부두목은 나다."

"압니다. 그러니까 부두목의 결정을 기다리고 있잖습니까? 저 급합니다. 얼른 골라주십시오."

"…좋아, 결정했어. 난 이년으로 정했다."

부두목이 지목한 여인은 세실리아였다. 경험 없는 풋내기 로잘린보다는 농염한 쪽을 택한 것이다.

"크흐흐! 훌륭하신 결정입니다, 부두목! 그럼 저는 이년을 데리고 가서 질펀하게……."

헤이달은 로잘린이 묶인 기둥 뒤쪽으로 다가가 매듭을 풀고 있다. 잠시 후에 있을 육체의 향연을 기대하기에 싱글벙글한 표정이다.

사실 부두목이 로잘린을 택할 것이라 생각했다.

그럼 나이 든 세실리아를 데리고 가야 했다. 그런데 반대가 되어 기분이 아주 좋은 것이다.

"우우우! 우우우우!"

로니안 자작이 필사적으로 발버둥 치며 소리를 지르지만 워낙 탄탄하게 묶어놓았는지라 소용없는 일이다.

"크흐흐! 조금만 기다려라. 이 헤이달님께서 극락을 구경시켜 줄 것이다. 크흐흐흐!"

헤이달은 욕정으로 눈이 벌게진 채 매듭을 풀었다. 그런데 너무 단단하게 묶어놓았는지라 잘 풀리지 않는다.

같은 순간, 부두목은 세실리아 부인의 코앞에서 음흉한 괴소를 머금고 있다. 겁을 주어 질리게 하려는 것이다.

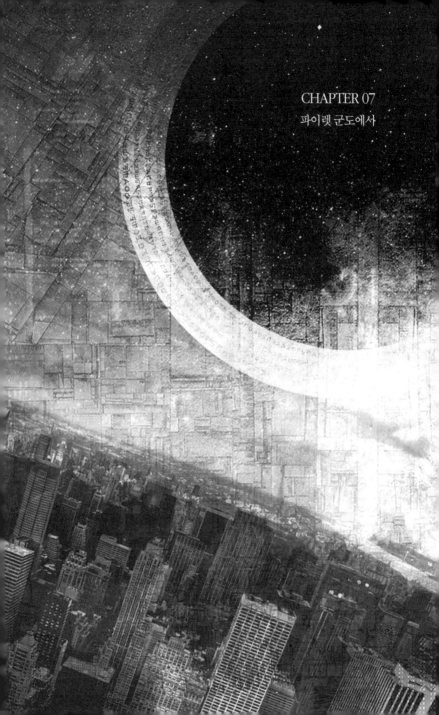

CHAPTER 07
파이렛 군도에서

전능의**팔찌**
THE OMNIPOTENT
BRACELET

호랑이나 늑대는 사냥감의 목숨을 끊은 뒤 잡아먹는다.

하지만 곰은 그러지 않는다.

사냥감이 더 이상 저항할 의사가 없다 판단하면 그때부터 먹는다. 먹이의 목숨을 끊지 않고 산 채로 먹는 것이다.

이래서 곰을 만났을 때 죽은 척하면 사냥당하지 않는다는 잘못된 말이 퍼진 것이다. 그러면 머리가 씹힌다.

아무튼 부두목은 세실리아 가까이 다가가 혀를 날름거리며 희롱하고 있다. 헤이달이 로잘린을 데리고 나가면 그때부터 상상도 하기 싫은 일을 당할 것이라 생각한 세실리아 부인은 두 눈을 꼭 감은 채 주신께 기도했다.

이때 헤이달이 중얼거린다.

"크흐흐! 이제 되었다. 가자!"

"아악!"

헤이달이 겁에 질린 로잘린을 거칠게 낚아채는 순간 현수가 당도했다.

"홀드 퍼슨!"

"으읏……!"

"누구냐?"

"홀드 퍼슨!"

"으아앗……!"

헤이달과 부두목은 갑자기 몸을 움직일 수 없자 어떻게든 벗어나려 기를 썼다. 하지만 10서클 대마법사의 마법을 어찌 일개 해적이 풀어낸단 말인가!

현수는 기둥에 묶인 채 축 늘어진 로니안 자작부터 깨웠다. 아내와 딸이 흉측한 해적에게 더럽혀진다는 생각을 하는 순간 혼절한 것이다.

"어웨이크!"

"끄으응!"

"자작님! 괜찮으십니까?"

분기탱천하여 혼절했던 로니안 자작은 귀에 익은 음성에

나직한 신음과 함께 눈을 떴다.

"우우! 우우우!"

"잠시만 기다리십시오."

자작을 묶었던 밧줄을 풀어주자 비틀거리며 세실리아 부인에게 다가간다. 그리곤 황급히 밧줄을 푼다.

"여보, 괜찮아?"

"흐흑! 흐흐흐흑!"

같은 순간 현수는 로잘린에게 다가서 있다.

"로잘린, 이제 괜찮아."

"흐흑! 흐흐흑!"

잔뜩 겁에 질려 있던 로잘린은 현수를 보자마자 눈물부터 흘린다. 그리곤 품으로 무너져 내린다. 하마터면 해적들에게 험한 꼴을 당할 순간이었기에 맥이 탁 풀린 것이다.

세실리아 부인도 마찬가지이다. 로니안 자작의 품에 안겨 눈물을 흘리느라 여념이 없다.

"너, 너는 누구냐?"

"밖에 아무도 없느냐? 여기 적이 나타났다! 누구든 빨리 들어와라!"

부두목과 헤이달이 소리쳤지만 별다른 반응이 없다.

논 노이즈 마법을 시전해 둔 때문이다.

"후후! 소리 다 질렀어?"

현수가 바라보자 또 고함을 지른다.

"침입자다! 침입자야!"

"여기 적이 들어왔다! 적이야!"

"……!"

당연히 아무런 반응도 없다. 당황했는지 헤이달이 말을 더 듣는다.

"네, 네놈은 누구냐?"

"나? 너 같은 놈들에게 벌을 주려는 사람이지."

로니안 자작은 세실리아 부인을 데리고 뒤쪽으로 이동해 있다. 그런 그의 손에는 현수가 주었던 아밍 소드가 들려 있다. 부두목이 애장품 삼으려던 것이다.

"네 이놈! 여기가 어딘지 아느냐?"

"여기? 그걸 내가 알아야 할 필요가 있을까?"

"마법사인가 본데, 이 섬에만 3만 명의 해적이 있다. 어서 날 움직일 수 있게 해라. 그럼 한 번은 용서하마."

부두목이라 그런지 제법 당당했다.

"후후! 이 섬에 해적이 3만 명이나 있다고? 그럼 내가 무서워할 거라 생각했나?"

"당연한 거 아니냐? 네가 제아무리 날고 기는 마법사라 할지라도 3만이나 되는 해적을 감당할 수 있을 것 같아?"

헤이달의 말이다.

"그래, 날고 기는 마법사! 맞아, 세상엔 그런 마법사들이 조금 있지."

"그래! 그러니까 까불지 말고 어서 우리를 풀어!"

헤이달은 의기양양한 표정이다.

"풋! 웃기는 놈이군. 장인어른, 이놈들을 어떻게 할까요?"

"해적은 사형이네. 아르센 대륙 모든 국가의 법이지."

현수의 시선을 받은 로니안 자작은 더 생각할 필요도 없다는 듯 단호한 표정을 짓는다.

"크크크! 감히 우릴 죽여? 누가? 어떤 나라가 그럴 능력이 있지? 우린 바다의 왕이다!"

헤이달이 비아냥거리며 실소를 터뜨린다.

바다에 접한 모든 국가에서는 해적을 잡는 즉시 모두 죽인다. 하지만 어느 나라도 소탕작전에 나서지는 못한다.

파이렛 군도의 해적들이 워낙 많기 때문이기도 하지만 해전에서 이길 수 없기 때문이다.

해적들의 배는 빠르다.

치고 빠지길 반복하면서 자신들이 유리한 곳까지 유인한 뒤 에워싸고 공격을 퍼붓는데 어찌 이기겠는가!

아르센의 국가엔 해전에 대한 개념이 정립되어 있지 않다. 그렇기에 연합을 해도 소탕작전을 펼칠 수 없는 것이다.

"장인어른께서 너를 죽이라 하시는군. 그런데 어쩌지? 난

내 아내 될 여자와 장모님 되실 분을 괴롭힌 너희를 순순히 죽이고픈 마음이 없는데."

"......?"

헤이달과 부두목은 고개를 갸웃거렸다.

오늘의 작전에서 도주한 자는 하나도 없다.

해전이니 바다 위를 걸어 다니거나 하늘을 날아다니지 않는 한 갈 곳이 없기 때문이다.

마나를 쓰는 기사와 마법사들에겐 마나구속구를 채웠다. 그래놓으면 범인(凡人)이나 다름없어진다.

당연히 바다 위를 걷거나 하늘을 날 수 없다. 아무튼 도주한 자는 없는데 현수가 나타났다. 누군가 싶은 것이다.

"누구냐, 넌?"

"그래, 너는 누구냐?"

"나? 방금 전에 말했잖아. 나는 이 여인의 남편이 될 사람이지. 이실리프 마탑의 마탑주이기도 하네. 세상 모든 마법사들의 로드이지."

"......!"

헤이달과 부두목의 눈이 커진다.

해적 생활을 하지만 뭍에서의 정보가 하나도 없는 것은 아니다. 상당히 많은 수가 각 나라에 파견되어 첩보원 역할을 하고 있다.

언제, 어떤 상단이, 어떤 화물을 싣고, 어떤 항로로 이동하는지, 어떤 무장을 했는지에 대한 정보를 얻어내기 위함이다.

하여 주로 바닷가에 정보원들이 파견되어 있다.

이번에 공격한 로니안 자작을 비롯한 상단에 대한 정보도 모두 확보한 상태였다.

그렇기에 다섯 배의 인원이 출동하여 기부터 죽였던 것이다. 이렇듯 해적들은 결코 지지 않는 싸움을 해왔다.

모두 확실한 정보를 입수한 덕분이다.

약 30년 전, 대륙 남부국가들이 연합하여 토벌전에 나선 적이 있다. 해적들의 노략질이 도를 넘은 때문이다.

당시에 출동한 배는 약 1,000척이다. 그런데 해적들에겐 이보다 훨씬 많은 배가 있었다.

그럼에도 각개격파 작전에 나섰다. 각국의 항로를 미리 알고 길목에 대기하고 있다 하나하나 작살내 버린 것이다.

물론 정보원들이 보내준 확실한 첩보 덕분이다.

이후 남부국가들은 해적과 조금이라도 연관이 있다고 하면 무조건 사형에 처한다는 법률을 제정한 바 있다.

아무튼 이실리프 마탑주에 대한 소문은 진즉이 들었다.

무지막지한 헬 파이어 마법으로 몬스터들을 한꺼번에 싹 쓸이했다는 이야기이다.

정보원의 보고에 의하면 9서클 마스터이다. 드래곤과 맞장

뜨는 수준이니 절대 적으로 만들면 안 되는 인물이다.

그런데 눈앞에 있다. 게다가 그의 아내와 장모가 될 여자들을 희롱했다. 당연히 죽은 목숨이다.

"네? 이실리프 마탑주시라구요? 그럼 9서클 대마법사님? 아이고, 살려주십시오! 잘못했습니다!"

"네! 사, 살려만 주시면 시, 시키는 일은 뭐든……."

둘은 얼른 불쌍한 표정을 짓는다. 하지만 악어의 눈물에 속을 현수가 아니다.

"너희 같은 해적들에게 시킬 일 없는데?"

"……!"

둘은 뭐라 말문을 열어야 할지 몰라 겁먹은 표정이다.

"그리고 말이야, 나에 대해 뭘 모르는 것 같군. 그래서 몇 가지 가르쳐 주지."

"마, 말씀하십시오."

"우선 나는 9서클 마법사가 아니야."

"네? 그, 그게 무슨 말씀이십니까? 소문엔 9서클 마스터라고……. 그럼 8서클이신 겁니까?"

헬 파이어는 8서클 마법사의 전유물이라 생각했기에 물은 말이다.

"아니. 9서클이 아니라 10서클 마스터야. 헬 파이어 따위는 애들 손목 비틀기보다 쉽게 시전하지. 그래서 말이야, 아까 이 섬에 해적이 3만 명 있다고 했나?"

"네? 아, 네에."

"나하고 내기 하나 할까? 내가 3만 명을 다 죽일 수 있을까, 없을까? 9서클 마법인 파이어 피니쉬먼트나 미티어 스트라이크 한 방이면 얼추 1만 명은 죽일 수 있을 것 같은데."

"네? 미, 미티어 스트라이크라구요?"

부두목의 하의가 젖고 있다. 헤이달도 마찬가지다.

아르센 대륙의 역사 한 페이지를 보면 대략 3,000년쯤 전에 어떤 마법사가 왕국으로부터 지나친 홀대를 받았다.

분노한 마법사는 왕국의 수도에 미티어 스크라이크를 구현시켰다. 하늘에서 쏟아져 내린 무지막지한 운석으로 인해 수도는 쑥대밭이 되었고, 40만이 넘는 인명이 사라졌다.

국왕을 비롯한 거의 모든 귀족이 한날한시에 죽어버린 것이다. 당연히 그 왕국은 사라졌다. 그때 이후 절대 9서클 마법사는 건드리면 안 되는 존재가 되었다.

그리고 한참의 세월이 흘러 또 다른 9서클 마법사가 생겨났다. 현수의 스승인 아드리안 멀린 반 나이젤이다.

당시 왕국의 수도에 대고 무지막지한 브레스를 뿜어낸 광룡이 있었다. 그때에도 약 20만 명이 죽었다. 시뻘건 화염이 모든 것을 태워 한줌 재로 만들어 버린 것이다.

아드리안 멀린 반 나이젤은 그런 드래곤의 목숨을 끊어버렸다. 드래곤 슬레이어가 된 것이다. 9서클 마법사가 얼마나 무서운지 깨닫게 하는 두 사건이다.

그런데 9서클을 넘어 10서클 마스터라고 한다.

헤이달은 과도한 공포로 겁에 질려 벌벌 떨고 있다.

"제, 제발 한 번만 용서해 주십시오."

"네, 한 번만 봐주십시오. 다, 다시는 해적질을 하지 않겠습니다요."

이 섬에 가족들이 있다. 그렇기에 말까지 더듬는 것이다.

그러거나 말거나이다.

"그리고 또 하나 나에 대해 알아야 할 게 있어."

"뭐, 뭐죠?"

헤이달이 벌벌 떨며 묻는다.

"나는 그랜드마스터이기도 해."

"네? 네에⋯⋯?"

"저, 정말이십니까?"

"또 하나, 보우마스터이기도 하지."

"⋯⋯!"

부두목과 헤이달은 할 말을 잃었다는 표정이다.

인간이 어찌 한꺼번에 세 가지를 궁극까지 익혔는지 감조차 잡히지 않은 때문이다.

"사, 살려주십시오. 앞으론 정말 착하게 살겠습니다."

"살려만 주시면 평생 봉사하면서 살겠습니다요."

"정말?"

현수의 물음에 크게 고개를 끄덕인다.

"네, 정말입니다. 주신께 맹세합니다. 다시는 해적질을 하지 않겠습니다. 그러니 용서해 주십시오."

헤이달의 말이다.

"좋아, 주신께 맹세한다니 믿겠어. 그래서 나는 용서하지. 나는 너그럽거든. 그런데 장인께서 너희를 용서하실지 모르겠다. 장인어른."

"부르셨는가?"

"네, 이 녀석들의 처분을 장인어른께 일임합니다. 원하시는 대로 하십시오."

"고맙네."

스르르르릉—!

로니안 자작은 아밍 소드를 뽑아 들고 먼저 부두목에게 다가갔다. 그리곤 분노에 찬 음성으로 쏘아댔다.

"감히 내 아내를 어떻게 하겠다고? 이잇!"

쉐에에엑—! 퍼억—!

사랑하는 아내를 희롱하려던 놈이다. 당연히 죽을죄를 범했다. 그렇기에 단칼에 목울대를 베어버렸다.

부두목은 비명조차 지르지 못했다. 울컥울컥 솟아나는 선혈을 보더니 이내 쓰러져 버린다.

우다탕탕—!

"너, 너도 마찬가지야! 어디서 감히 내 귀한 딸을! 죽엇!"

쉬익! 퍼억—!

"캐액!"

쿠당탕탕—!

헤이달 역시 목이 베여 죽었다.

세실리아 부인은 차마 볼 수 없어 등을 돌리고 있고, 로잘인은 현수의 품에 안겨 있었는지라 이 장면을 보지 못했다.

"흐흑! 흐흐흑! 무서웠어요. 흐흐흑!"

"장인어른!"

현수는 너무도 분노하여 부르르 떨고 있는 로니안 자작을 불렀다.

"고맙네. 모두 자네 덕이네. 정말 고마우이."

자작은 고개까지 숙여가며 사의를 표한다.

끔찍하게 사랑하는 아내와 딸 모두 해적들에게 험한 꼴을 당할 지경에 처했었다. 너무도 화가 나 혼절했을 정도이다. 그런데 정말 기적적으로 위기에서 벗어났다.

하여 고개가 절로 숙여진 것이다.

"타고 오신 배는 어떻게 된 겁니까? 오다 보니 장모님 옷이 든 궤짝이 바다에 떠 있더군요."

"그건 놈들을 막으려 던져서 그런 거지. 우리가 타고 온 배는 이곳 부두에 정박해 있을 것이네."

"기사와 마법사들은요?"

"모두 감옥에 투옥되어 있네."

"그래요? 그렇다면 일단 이곳을 장악해야 할 듯합니다."

"오다가 들어보니 인원이 상당히 많네."

로니안 자작은 현수가 이실리프 마탑주라는 걸 안다. 그럼에도 신중한 표정을 짓고 있다.

해적의 수가 50만 명에 이른다는 걸 알기 때문이다.

현수가 10서클 마스터에 그랜드마스터라지만 숫자가 너무 많다 생각한 모양이다.

"일단은 수뇌부들을 제거하세."

"알겠습니다."

지구의 역사책을 들여다보면 이곳과 생활환경이 비슷했던 중세유럽에도 해적들은 창궐했다.

그들에 대한 처벌은 각국 공히 모두 같았다.

잡히는 즉시 사형에 처했고, 가진 재산은 모두 국가에 귀속시켰다.

로니안 자작이 다스리는 테세린 영지는 바벨 강을 끼고 있다. 가장 좁은 곳이 8㎞이고, 넓은 곳은 30㎞에 이른다.

수평선이 보일 정도로 넓은 강이다. 그러다 보니 이곳에도 해적이 출몰한다.

바다가 아닌 강이니 해적이 아니라 수적이라는 표현이 옳다. 그럼에도 사람들은 해적이라 칭한다.

어쨌거나 바벨 강에 접해 있는 미판테 왕국과 테리안 왕국, 그리고 쿠르스 왕국의 국법엔 해적은 잡히는 즉시 처형한다는 법이 있다. 그들의 악랄함에 질린 때문이다.

현수는 로니안 자작과 합작하여 부두목의 거처 밖 해적들부터 제압했다. 불러들인 후 바인딩 마법으로 묶었다.

그리곤 파이렛 군도에 대한 상세한 정보를 입수했다.

애꾸눈 잭, 외팔이 후크, 그리고 날다람쥐 케빈은 이곳을 다스리는 세 명의 군주이다.

각각 독자적인 세력을 구축하고 있지만 상호불가침조약을 맺었다. 뿐만 아니라 토벌군에 대항할 때엔 연합도 한다.

해적들끼리 똘똘 뭉쳐서 온갖 나쁜 짓을 하는 중이다.

테세린이 있는 바벨 강으로부터 이곳까지의 해역은 애꾸눈 잭의 영역이다. 다시 말해 로니안 자작은 잭의 부하들에 의해 잡혀온 것이다.

세실리아 자작부인을 욕보이려던 부두목은 잭의 휘하에 있는 21명의 부두목 가운데 하나이다.

헤이글은 부두목을 견제하라고 잭이 파견한 심복이다.

부두목들은 해적질을 하여 벌어온 수익 중 30%를 본도에서 왕 노릇을 하고 있는 잭에게 상납해야 한다.

그런데 둘은 짝짜꿍이 맞아 상당히 많은 재물을 빼돌렸다.

수익을 줄여서 보고하는 방법으로 잭에게 보낼 것 중 절반 정도를 착복한 것이다.

오늘처럼 귀족가의 여인을 납치한 경우 젊고 인물 반반한 것들은 본도로 보내야 한다. 다시 말해 로잘린은 깨끗이 씻긴 후 잭에게 보냈어야 한다.

잭과 그의 아들의 눈에 들면 후대를 잇는 씨받이 역할을 하게 된다. 귀족의 우수한 유전적 형질을 얻으려는 것이다.

물론 잭 일가의 눈에 차지 않으면 도로 데리고 온다. 그제야 부두목들이 마음대로 할 수 있었다.

이 섬의 부두목과 헤이글은 늘 이런 절차를 무시했다.

강 위로 배 한 번 지나간다고 강의 모습이 바뀌는 것은 아니기 때문이다.

어쨌거나 이 섬엔 15만 명이 거주하고 있다. 이 중 3만이 해적이고, 나머진 가족과 노예이다.

부두목의 침대를 밀치니 문이 있다. 이걸 열고 아래로 내려가 보니 상당히 많은 궤짝이 놓여 있다.

뚜껑을 열자 금은보화가 번쩍인다. 그야말로 해적의 보물이다. 어찌 그냥 두겠는가!

"아공간 오픈! 입고!"

부두목이 수십 년간 모아놓은 것이 일순간에 사라지고 먼지만 남는다. 다음은 감옥에 수감되어 있는 기사와 마법사들 구출작전이다.

"이미지 컨퓨징!"

"허어! 세상에……!"

마법이 구현되자 멀끔하던 현수의 모습은 사라지고 구레나룻 무성하던 털북숭이 부두목으로 변한다.

로니안 자작은 너무도 신묘한 변화에 저도 모르게 탄성을 내질렀다. 같은 순간 세실리아는 흠칫거리며 물러선다.

"헉!"

아까의 순간이 떠오른 때문이다.

"장인어른, 여기에서 한 발짝도 밖으로 나오지 마십시오."

"알겠네. 조심해서 다녀오시게."

문을 열고 나선 현수는 거들먹거리며 감옥으로 향했다.

"어서 오십시오, 부두목!"

"감옥 문을 열어라! 죄수 검열을 시작하겠다!"

"네? 아, 네에."

찌그덕—! 덜컹! 끼이이익—!

지하로 통하는 문이 열리면서 빛이 쏟아져 들어간다. 그와 동시에 말로 형언하기 어려운 악취가 뿜어져 나온다.

"크으……!"

부두목이 인상을 찌푸리자 감옥을 지키고 있던 해적이 뒤통수를 긁는다.

"죄송합니다. 요즘 죄수가 늘어 냄새가 좀 심합니다. 이따 노예들 시켜 싹 청소하겠습니다."

"따라 들어올 것 없다."

"네? 아, 네에. 그럼 다녀오십시오."

계단을 딛고 내려가니 어두컴컴한 통로가 뻗어 있다. 양쪽엔 쇠창살로 막아놓은 뇌옥이 줄지어 있다.

"무, 물 좀 주시오, 물!"

"크으! 목이 말라. 물! 물!"

바싹 말라 미라처럼 보이는 죄수들이 물을 달라며 애원한다. 얼마나 굶겼는지 모두 뼈만 앙상하다.

뚜벅뚜벅!

안으로 들어갈수록 죄수들의 상태가 양호하다. 잡혀온 지 얼마 안 되기 때문이다.

"으으! 으으으!"

가장 안쪽까지 가니 로니안 자작의 기사들이 널브러져 있다. 마나구속구를 채운 상태에서 폭행을 가한 듯 모두 신음을 토하고 있다.

"에구, 에구구구! 으윽! 으으윽! 크으으!"

60이 넘은 롤랑이 가는 신음을 토하며 숨을 헐떡인다.

현수에게 검법 지도를 받은 크린스는 중상을 입은 듯 기식이 엄엄하다. 그럼에도 마나구속구를 차고 있다. 만일을 대비하여 중상을 입었음에도 이리 해놓은 모양이다.

롤랑의 곁에는 에밀리가 끙끙거리고 있다.

"메가 라이트!"

파앗—!

말이 떨어지기가 무섭게 환한 빛이 감옥 내부를 환히 밝힌다.

그러자 심한 폭행으로 인한 멍 자국이 보이고, 뒤통수를 얻어맞았는지 선혈이 말라붙은 흔적도 역력하다.

"컴프리트 힐! 컴플리트 힐!"

샤르르르르롱—!

마나가 롤랑에게 스며들자 터졌던 상처가 급속도로 아문다. 고통에 겨워 부들부들 떨던 에밀리의 신음도 잦아든다.

"누, 누가……?"

"……!"

고통이 확연히 줄어들자 이상하다 여기고 고개를 들던 롤랑과 에밀리는 해적으로 보이는 자가 크린스에게 다가서는 모습을 의아한 표정으로 바라본다.

"컴플리트 힐!"

샤르르르롱—!

"……!"

현수의 손끝에서 뿜어 나간 마나가 크린스에게 스며들며 상처를 치유하는 모습을 본 롤랑은 눈을 크게 뜬다.

한낱 해적이 마법을 쓰는 것도 기이할뿐더러 컴플리트 힐은 자신도 구현시킬 수 없는 고위 마법이기 때문이다.

롤랑의 이런 의문은 이어질 수 없었다. 현수가 계속해서 기사들을 치유시키는 모습을 본 때문이다.

마법을 구현시키려면 마나가 필요하다. 그렇기에 저 서클 마법사들에겐 쿨타임이라는 것이 요구된다.

마법 구현에 필요한 마나를 다시 모을 시간적 여유가 필요하기 때문이다. 그런데 한낱 해적이 컴플리트 힐을 남발하듯 시전하고 있다.

'뭐야? 분명 해적인데……!'

롤랑의 눈이 커져 있지만 현수는 여전히 기사들을 치료한다. 기력을 되찾은 기사들은 멍한 표정으로 현수를 바라본다.

지독하리만치 잔인하게 두들겨 패던 놈들과 한패이다.

그런데 마치 성자라도 된 양 묵묵히 부상당한 동료들을 치유시키고 있으니 어안이 벙벙할 뿐이다.

갇혀 있던 기사의 수효는 30명이다. 마법사는 롤랑을 비롯하여 세 명이다.

영지 전력의 전부라고는 할 수 없지만 핵심은 다 온 듯싶다. 낯익은 이가 많았던 것이다.

"모두들 잘 들어라. 이제 마나구속구들 풀어준 뒤 병장기를 내어줄 것이다."

"네?"

누군가의 물음이다. 해적이 치료해 주고 무기까지 준다는 말이 너무도 이상한 때문이다.

하지만 현수는 이에 대한 대꾸를 하지 않았다.

"자작께서는 무사하시다. 세실리아 부인과 로잘린 역시 무사하다. 일단은 이곳에 대기하고 있어라. 바깥이 소란해지면 그때 나와 해적들을 제압하도록!"

"……!"

기사와 마법사 모두 멍한 표정으로 바라본다. 그러거나 말거나이다.

"아공간 오픈!"

아공간을 열고 무구들을 꺼내놓았다. 갑옷과 장검, 그리고 방패와 완호갑 등이다.

철거덕! 철거덕!……

환한 빛 덕분에 무구들이 결코 범상치 않음을 한눈에 알아볼 수 있는 상황이다. 기사들은 쏟아져 나온 갑옷과 장검 등을 보며 눈빛을 빛낸다.

잠시 후엔 마법사용 로브와 스태프까지 나왔다. 롤랑의 눈이 더욱 커질 수밖에 없다. 스태프의 끝에 박힌 마나석 때문이다. 오크 눈알만큼 큰데 최상급이 확실했다.

"매스 언락!"

촤르르륵!

기사와 마법사들의 마나구속구가 일제히 풀린다. 이때 롤랑이 크게 고개를 조아리며 소리쳤다.

"롤랑이 매지션 로드를 뵙습니다!"

"……!"

자리에서 일어서려던 기사와 마법사들이 흠칫한다. 이때 현수의 음성이 있다.

"앞으로는 위저드 로드라 부르도록 하게."

"네, 로드!"

쿵—!

롤랑의 이마가 땅에 닿으며 나지막한 소리를 낸다. 누군지 확실히 깨달았다는 표정이다.

"해적은 약 3만이라 한다. 모두들 몸조심하도록."

"네, 로드시여!"

롤랑과의 대화를 들은 기사 등은 대체 어찌 된 영문인지 몰라 어리둥절한 표정들이다.

"모두 고개를 숙여라! 하인스 마탑주님이시다!"

"네에?"

"헉!"

"그 말이 정말……? 아! 기사 크린스가 위대하신 그랜드 마스터님을 뵙습니다!"

쿵―!

크린스가 기사로서의 예를 갖추자 곁에 있던 에밀리가 얼른 고개를 처박는다.

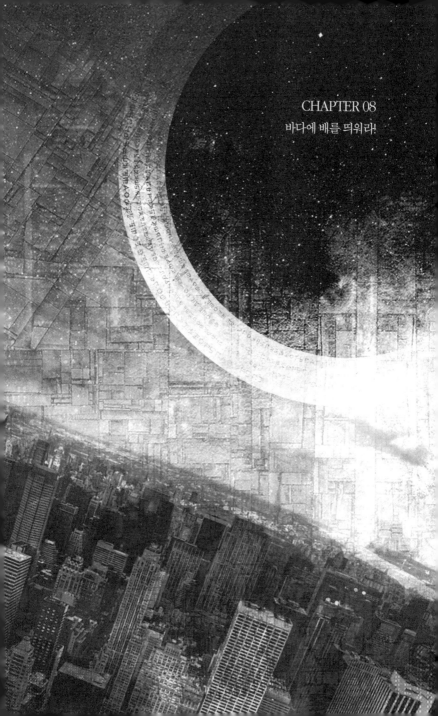

CHAPTER 08
바다에 배를 띄워라!

"에, 에밀리가 그랜드마스터님을 알현하옵니다!"

쿵, 쿵, 쿠쿠쿠쿠쿠쿵—!

"위대하신 그랜드마스터님을 뵙습니다!"

"위저드 로드를 알현하옵니다!"

기사와 마법사 모두 자신들이 취할 수 있는 최상의 예를 갖추며 고개를 조아린다.

한편, 지금까지의 상황을 보고만 있던 다른 뇌옥에 갇혀 있던 죄수들까지 모두 바닥에 고개를 대고 있다.

"모두 고개를 들어라! 그리고 일단은 대기하라! 크린스!"

"네, 마스터시여!"

"지금부터 다른 뇌옥을 살필 것이다! 모든 문을 열도록!"

"네, 마스터!"

크리스를 비롯한 기사들이 모든 뇌옥의 문을 열었다. 하지만 어느 누구도 튀어나오진 않았다.

"컴플리트 힐! 컴플리트 힐!"

쇠약하고 상처 입은 몸을 치료하기 시작했다. 그렇게 다섯 명째 봐주었을 때 아리아니가 입을 연다.

[주인님, 왜 번거롭게 그렇게 해요?]

[응? 뭐 좋은 수라도 있어?]

[그럼요. 잠시만 기다리세요. 엔다이론, 나와.]

아리아니의 말이 떨어지기 무섭게 물의 상급 정령 엔다이론이 청금발을 빛내며 나타난다.

여전히 발가벗은 모습이다.

하지만 노골적인 나체는 아니다. 긴 청금발이 가슴과 하복부 아래쪽을 교묘히 가리고 있다.

[호호! 또 뵙네요. 물의 정령 엔다이론이 아리아님과 아리아님의 잘생긴 주인님을 또 뵈어요. 호호호!]

엔다이론이 섹시하면서도 고혹적인 미소를 지으며 현수에게 시선을 준다.

신장 170㎝의 발가벗은 글래머 절세미녀이다.

현수는 시선을 어디에 둬야 할지 몰라 난감했으나 짐짓 태연한 척했다. 어쩔 줄 몰라 하거나 시선을 마주치지 못하면 더 이상한 상황이 될 것 같아서이다.

이때 아리아니의 변신이 시작된다. 엔다이론과 거의 같은 신장의 발가벗은 절세미녀가 또 하나 등장한 것이다.

'흐음!'

현수는 나직한 침음을 냈다. 둘 다 현수에게 시선을 주고 있다. 둘 중 하나를 선택하라는 듯한 표정이다.

이럴 땐 임무 부여가 정답이다.

[아리아니, 감옥에 있는 사람들 치료해야지.]

[아, 참. 네! 엔다이론, 여기부터 저기까지 아픈 사람들 있으면 전부 치료 좀 해.]

[네, 아리아니님!]

엔다이론은 할 일을 주어 고맙다는 듯 생긋 미소 짓는다. 그리곤 가장 가까운 뇌옥으로 스며든다.

[주인님, 인원이 많아서 마나가 많이 빠져나갈 거예요.]

[그래, 알았어.]

엔다이론은 자신을 불러낸 아리아니로부터 정령력을 뽑아 쓰고, 아리아니는 현수로부터 마나를 흡수해 간다.

'흐음!'

켈레모라니의 비늘로부터 상당히 많은 마나가 빠져나가는

동안 잠시 멈춰 있었다.

이때 롤랑 등이 의아한 표정으로 현수를 바라본다.

갑자기 아무런 말도 없이 조용히 서 있기 때문이다. 그러다 문득 상당히 많은 마나 유동을 느낀다.

켈레모라니의 비늘로부터 뿜어져 나간 마나가 아리아니에게 이동함을 느낀 것이다.

이때 감옥으로부터 사람들의 음성이 터져 나온다.

"헉! 나았어! 내 상처가 다 나았다고! 여길 봐!"

"아앗! 나, 나는 눈이 다시 보여! 이 보라고! 내가 볼 수 있게 되었어! 흐흑!"

"윽! 내 다리! 내 다리가 다시 멀쩡해졌어! 봐! 나 일어섰어! 내 다리가 다 나았어."

"헐! 이게 무슨 일이야? 로렌이 자리에서 일어섰어!"

현수가 있는 곳으로부터 입구 사이에는 제법 많은 감옥이 있다. 입구 쪽이 갇힌 지 오래된 무리이다.

제대로 먹이지도 않았고, 햇볕도 잘 안 들었으며, 식수는 더러웠다. 상처가 생겨도 치료해 주는 법이 없었으며, 수시로 끌고 나가 고문하기도 했다.

그러다 보니 거의 전원이 병자였다. 곪아터진 상처에 구더기가 기어 다니는 건 약과이다.

인두로 눈을 지져 시력을 잃은 자도 있었고, 복합 골절된다리를 치료하지 않아 병신이 된 자도 여럿 있었다.

엔다이론은 상급 물의 정령이다. 그러다 보니 컴플리트 힐과 리커버리에 버금가는 치유 능력을 지니고 있다.

아리아니로부터 치료하라는 말을 들었기에 자신이 가진 능력의 최대치를 썼다. 그 결과 감옥에 갇혀 있는 죄수들 거의 전부를 멀쩡한 상태로 되돌려 놓을 수 있었다.

영양, 햇빛, 수분, 무기질, 비타민의 부족으로 부조화를 이루던 건강 상태는 급격하게 호전되고 있다.

곪아터졌던 상처는 당연히 치유되었다. 그렇기에 여기저기에서 탄성이 터져 나오는 중이다.

롤랑은 현수로부터 뿜어진 마나가 아리아니를 통해 엔다이론에게 전해짐을 느끼고 있다. 정령력이 없기에 아리아니는 물론이고 엔다이론조차 볼 수 없는 상황이다.

엔다이론이 감옥을 차례로 휘젓는 것이 롤랑의 눈에는 현수의 마나가 뿜어지는 것으로 느껴졌다.

곧이어 감옥마다 탄성이 터져 나오자 눈을 크게 뜬다.

마법사가 된 이후 고위 마법인 5, 6, 7서클 마법에 관한 이야기를 많이 들었다.

7서클 마법 중에 컴플리트 힐이 있다.

비기너는 시전할 수 없고 최소가 유저는 되어야 한다. 이 마법이 구현되면 모든 상처를 아물게 하는 것이다.

리커버리는 8서클 마법이다.

그런데 조금 전에 '컴플리트 힐+리커버리' 마법이 매스로 진행된 것이다.

한꺼번에 여럿을 치유시킨 것으로 오인한 것이다.

'과연! 역시 로드시군!'

몇 서클 마법인지 가늠조차 할 수 없음에 롤랑은 고개를 끄덕였다. 그리곤 무릎을 꿇었다.

자신과 비교해 보니 너무도 위대하다 여긴 때문이다. 곁에 있던 마법사들도 따라서 무릎을 꿇는다.

기사들도 마찬가지이다.

눈앞에서 펼쳐지는 이적에 저절로 공경심이 발한 것이다.

[아리아님, 다 되었어요.]

[그래, 수고 많이 했어.]

[엔다이론, 고마워!]

[고맙기는요. 주인님을 위해 일해서 기쁠 뿐이에요.]

엔다이론이 고혹적인 미소를 짓자 아리아니가 살짝 이맛살을 찌푸린다.

[야! 니 주인님이니? 내 주인님이시지. 아무튼 애썼으니 이제 정령계로 돌아가. 또 부를게.]

[네, 자주 불러주셔요.]

'으윽!'

엔다이론이 공손히 고개 숙여 예를 갖춘다. 그 바람에 가슴을 가리고 있던 청금발이 밑으로 내려간다. 당연히 못 볼 것이 보인다. 그렇기에 나직한 탄성을 냈다.

이때 아리아니의 뾰족한 음성이 들린다.

[주인님!]

[응? 헉……!]

시선을 돌리던 현수는 얼른 눈을 감았다. 화가 났다는 듯 입술을 앙 다문 아리아니는 양 허리에 손을 얹고 있다. 머리카락 전부가 팔 뒤에 있으니 당연히 다 보인다.

[주인님, 쟤들 꼬리치는 거에 넘어가지 마세요.]

[응? 그, 그래! 알았어. 그럴게.]

[쳇! 말로만. 한 번만 더 그러시면…….]

[알았어. 알았다고. 이제 안 그럴게. 그나저나 이제 좀 움직여야겠어.]

[알았어요.]

할 수 없이 화를 푼다는 듯 손을 내리곤 30㎝ 크기로 줄어든다. 그리곤 훨훨 날아 어깨에 내려앉는다.

"주인님, 가요."

"휴우……!"

조금 전까지는 마나에 의지를 싣는 의성전어였으나 방금 귀에다 대고 속삭인 것은 실제로 입을 열고 한 말이다.

물론 소리가 작아 현수밖에 들을 수 없다. 그럼에도 귀가 간지럽다. 하여 저도 모르게 몸을 움츠렸다.

　　"로드, 어디 불편하십니까?"

　　"아, 아니야. 흐음, 일단 이곳에서 몸 추스르고 대기하고 있게. 바깥이 시끄러워지면 그때 나오고."

　　"네, 로드!"

　　롤랑이 공손히 고개 숙일 때 현수는 감옥 밖으로 향했다.

　　"아리아니, 아무래도 엔다이론 또 불러야 할 것 같은데?"

　　"왜요?"

　　"바람의 정령 실라디온도 불러줘."

　　"걔는 또 왜요?"

　　"내가 필요해서 그래."

　　"…알았어요. 언제든 말씀만 하세요."

　　아리아니는 약간 삐친 듯하다.

　　혹시 엔다이론과 실라디온이 예뻐서 그러는 건가 싶은지 계속 째려본다. 그러거나 말거나 감옥 밖으로 나섰다.

　　"볼일 다 보셨습니까?"

　　"그래. 그런데 좀 쉬고 있어라."

　　"네? 그게 무슨……?"

　　해적들은 무슨 소리냐는 표정이다.

　　"슬립!"

"하으음!"

털썩—! 털썩—!

감옥 밖을 지키던 해적 둘이 꿇아떨어진다.

"플라이!"

허공으로 몸을 띄운 현수는 섬 전체를 둘러보았다.

이 섬은 강화도보다 크다.

섬의 중앙부엔 편평한 분지가 있고, 둘러싸고 있는 산으로부터 물이 흘러나와 여기저기 호수가 있다.

농사를 짓는다면 해적 3만과 그의 가족 및 노예 모두 배불리 먹을 수 있을 듯싶다.

"아리아니!"

"네, 주인님!"

"엔다이론과 실라디온을 불러 이 섬에 정박 중인 모든 배를 바다로 띄워 보내."

"네? 뭐라고요?"

무슨 뜻인지 이해하지 못했다는 듯 눈을 크게 뜬다.

"잘 봐. 이게 이 섬이야. 지금 이 섬엔……."

현수는 흙바닥에 섬의 모양을 그렸다.

그리곤 섬 곳곳의 부두를 표시했다. 약 1,000여 척의 크고 작은 배들이 정박해 있는 부두이다.

"배를 전부 바다로 보내봐. 배 밑에서 노 젓는 노예 빼고 선원들은 모두 하선하게 하고."

"어떻게요?"

"그건 엔다이론과 실라디온이 알아서 협동작전을 펼치도록 할 거야. 그러니 어서 둘을 불러줘."

"알았어요. 엔다이론, 실라디온, 나와!"

샤르르르릉—!

"호호! 또 부르셨어요?"

"저 왔어요, 아리아니님, 그리고 주인님."

"야! 왜 니가 내 주인님더러 주인님이라고 불러?"

"네? 그럼 뭐라 불러요? 아리아니님의 주인님이신데요."

"그건……. 아무튼 내 주인님 말씀을 들어봐."

아리아니는 싸증난다는 표정이다. 한낱 상급 정령에게 말발로 밀린 때문일 것이다. 그러거나 말거나 현수가 나섰다.

"이 섬 주위엔……."

조금 전에 했던 말을 그대로 전했다.

두 정령은 고개를 끄덕이면서 어찌하면 승선해 있는 선원들을 내리게 할 것인지 나직이 소곤거렸다.

"주인님, 이그니스도 불러주시면 안 될까요?"

"이그니스? 그게 누구……."

현수의 말을 끊은 건 아리아니이다.

"상급 불의 정령은 왜 필요한 건데?"

"승선해 있는 선원들을 쫓아내려면 저희보다는 이그니스가 더 효과적이거든요."

엔다이론과 실라디온의 청을 들은 아리아니가 고개를 갸우뚱거린다.

"야! 이그니스는 덩치가 너무 크잖아. 그러다 배 다 태워 먹겠다."

"그럼 샐러맨더라도 불러주세요."

"알았어. 샐러맨더 나와!"

아리아니의 말이 끝나기가 무섭게 활활 타오르는 불속에 머물고 있는 도마뱀이 튀어나온다.

"샐러맨더가 아리아니님을 뵙습니다."

"이쪽은 내 주인님이셔. 인사드려."

"네? 아, 네. 샐러맨더가 위대한 존재를 알현하옵니다."

아리아니의 주인님이라 하니 드래곤으로 오인한 듯싶다. 그러거나 말거나이다.

"엔다이론과 실라디온이 협조해 달라는 대로 해줘."

"물론입니다. 기꺼이 명을 받들지요."

샐러맨더는 위대한 존재로부터 명령 받는 것이 마음에 든다는 듯 크게 고개를 끄덕인다.

"자, 그럼 시작!"

"네, 주인님!"

"알겠어요, 주인님!"

"야! 니들 왜 자꾸 내 주인님에게 주인님이라고 불러? 이것들을 확 그냥… 아주 그냥……. 에이, 참는다. 어서 가!"

"네, 아리아니님!"

엔다이론과 실라디온, 그리고 샐러맨더가 사라지자 아리아니가 쫑알거린다.

"그래도 눈은 있어가지고… 주인님 멋진 건 아네."

"후후! 요 대목에서 고맙다고 말하면 안 되는 거지? 우린 서로 사랑하니까. 그치?"

"호호! 그럼요."

아리아니의 찌푸려졌던 얼굴이 확 펴진다. 사랑이라는 단어를 들은 때문이다.

정령들이 맡은 임무를 완수하기 위해 바다로 나간 사이 현수는 섬을 다시 한 번 돌아보았다.

아까는 지형을 보기 위함이었고, 이번엔 3만에 달한다는 해적들이 어디에 있는지 찾기 위함이다.

예상대로 해적들은 대부분 부두 근처에 머물고 있다.

느닷없는 폭풍우가 쏟아지자 배를 정박시키기 위해 안간힘을 쓰는 중이다. 이때 엄청난 해일이 다가온다.

"아앗! 저, 저것 봐! 해일이야, 해일!"

"으앗! 해일이 다가온다! 모두 대피하라! 대피하라!"

"헉! 저거에 휩쓸리면 모두 죽는다! 배고 뭐고 내버려 두고 어서 도망쳐!"

해적들은 배를 내팽개치고 후다닥 뒤쪽으로 도주한다. 아무리 용맹한 해적이라 할지라도 해일에 휩쓸리면 끝장이다.

잠시 후, 부두는 텅 비었다.

이때 배를 정박시키기 위해 묶어놓았던 밧줄이 모두 풀린다. 뻘에 박혀 있던 닻도 진흙을 빠져나온다. 바람과 물의 정령이 조화를 부리는 중이기 때문이다.

"아앗! 부, 불이야! 불이다! 모두 불을 꺼라!"

"아냐! 이미 늦었어! 모두 도망가!"

선실에 있느라 해일을 모르고 있던 해적들이 화들짝 놀라며 바다로 뛰어든다.

풍덩, 풍덩, 풍덩, 풍덩!

시뻘건 화염이 돛은 물론이고 선실까지 집어삼키려 넘실대니 물을 뿌려 불을 끌 생각을 못하고 모두 도주한다.

"아악! 아아아아아악!"

누군가의 비명을 시작으로 거의 모두의 입에서 비명이 터져 나온다. 해수 피라니아가 달려든 때문이다.

바다는 금방 붉게 물든다. 멀찌감치 도주해 있던 해적들은 발만 동동 구를 뿐 동료들을 구할 엄두를 내지 못한다.

해일이 덮치면 끝이기 때문이기도 하지만 가봤자 이미 끝이라는 걸 알기 때문이다.

섬 주위는 그야말로 해수 피라니아 천국이다. 다시 말해 물에 들어가면 채 5분도 지나지 않아 백골로 변한다.

알뜰하게 살점을 뜯어 먹기 때문이다.

어쨌거나 불을 피해 바다로 뛰어들었던 200여 명의 해적 모두 목숨을 잃었다.

이때 부두에 매어 있던 배들이 움직이기 시작한다.

"아아! 밧줄이 풀렸나 봐! 배가, 배가 떠내려간다!"

"으앗! 안 돼! 배가 몽땅 떠내려간다!"

이때 넘실대던 풍랑이 거짓말처럼 잔잔해지는가 싶더니 부두에 있던 배들이 일제히 바다 쪽으로 움직인다.

돛이 찢어질 듯 부풀면서 금방 속력이 붙는다. 그와 동시에 일제히 멀어져 간다.

"아, 안 돼!"

"빨리, 누구든 빨리 헤엄쳐서……."

해수 피라이나 때문에 물에 들어가면 안 된다는 것을 뻔히 알면서 한 말인지라 끝이 얼버무려진다.

"이런 젠장! 젠장! 젠장!"

바다로 나간 배를 되찾아오려면 다른 배를 타고 나가야 하는데 단 한 척도 남아 있는 것이 없다. 심지어 모래사장 위로 끌어올려 놨던 것까지 모두 바다로 가버렸다.

"뭐 해? 모두 흩어져서 배를 찾아봐! 빨리!"

"네, 알겠습니다."

해적들이 다른 부두를 향해 달린다. 너무 멀리 떠내려가면 찾기 힘들기 때문이다.

이 순간 현수는 노예들을 보고 있다.

섬의 중앙부 분지에는 상당히 넓은 농지가 조성되어 있다. 노예들은 이곳에서 중노동에 시달리는 중이다.

"뭐해! 빨리, 빨리 일하지 못해!"

쉐에에엑ㅡ! 촤아악!

"아악!"

작업을 감독하던 해적이 휘두른 긴 채찍에 맞은 노인이 비틀거리다 쓰러진다.

"빨리 안 일어나!"

쉐에엑! 촤아악ㅡ!

"으으으윽!"

쓰러진 노인은 힘겹게 일어서려 한다. 안 그러면 더욱 가혹한 채찍질을 당할 걸 알기 때문이다.

그런데 일어설 수가 없다. 영양실조와 중노동으로 인한 영향 때문이다. 그럼에도 일어서려 애를 쓴다. 다리가 부들부들 떨리는 모습이 애처롭다.

"어서 일어나란 말이야! 에잇!"

쒜에엑! 촤아악―!

"크으으으윽!"

간신히 반쯤 일으키던 몸이 다시 엎어져 버린다. 그럼에도 벌레처럼 꿈틀거리며 다시 일어서려 한다.

아예 못 일어나면 노예들의 무덤으로 던져지기 때문이다.

완전히 죽은 후 던지는 게 아니라 더 이상 가망이 없다 판단되면 절벽 아래로 던진다. 그럼 해수 피라니아의 먹이가 되어버린다.

"어서 일어나! 죽고 싶어? 엉? 죽고 싶냐고?"

해적은 사납게 눈을 부라리며 다시 채찍을 휘두르려 한다. 조금의 자비심도 없는 녀석인 듯싶다.

놈이 채찍을 다시 치켜들었을 때다.

"라이트닝!"

번쩍―! 콰르릉―!

"캐애액!"

하늘에서 떨어진 번개가 녀석의 채찍을 타고 흘러들었다.

그와 거의 동시에 몸에서 연기가 뿜어졌고, 비명을 지르며 쓰러지는데 몸이 오그라든다.

마치 연탄불 위에 올려놓은 오징어 같다.

돕고는 싶은데 그랬다간 본인들도 채찍질을 당할 것이기에 보고만 있던 노예들이 시선을 돌린다.

"헉!"

하늘에 떠 있는 현수를 바라본 노예들은 화들짝 놀라는 표정이다. 이곳 파이렛 군도에는 없는 게 몇 가지 있다.

첫째는 착한 해적이다.

하긴 마음씨 고운 사람이 해적질을 할 리 없다.

둘째는 마법사이다. 1서클짜리 초보 마법사조차 없다.

그런데 허공에 떠 있을 수 있는 존재는 마법사밖에 없다. 그렇기에 이게 대체 어찌 된 영문이냐는 표정이다.

"모두 모여라!"

"네? 아, 네."

현수의 말이 떨어지기 무섭게 주변에 있던 노예들이 모여든다. 마법사의 말을 거역하면 살아도 살아 있는 것이 아닌 상태가 될 수 있다는 걸 알기 때문이다.

"노예는 너희가 전부인가?"

"아, 아닙니다. 저, 저쪽에도 많이 있습니다요."

늙은 노인의 손짓한 곳을 보니 저쪽도 채찍 든 해적이 열심히 휘두르는 중이다. 고개를 끄덕인 현수는 여전히 엎어져 있는 노인에게 손을 뻗었다.

"컴플리트 힐!"

샤르르르릉—!

마나가 몸속으로 스며들자 상처가 급속히 아문다.

"끄응!"

나직한 신음을 토하곤 몸을 일으킨다. 아까처럼 부들부들 떠는 정도는 아니다. 상처만 나았을 뿐 영양실조와 극심한 피로감마저 해결된 것은 아니기 때문이다.

"나머지 해적들은 어디에 있느냐?"

"저, 저쪽입니다요."

이번에 가리킨 곳은 농토 바깥쪽의 시원한 그늘 아래 지어진 2층짜리 목조 건물이다.

주변의 다른 것들과 달리 제법 번듯하다.

"이곳에서 쉬고 있도록!"

"네? 아, 네, 알았습니다요."

모두가 고개를 끄덕이곤 털썩 주저앉는다. 아침 일찍부터 시작된 중노동 때문에 몹시 힘들던 터이다.

"플라이!"

현수의 몸이 다시 하늘을 날아 채찍을 휘두르는 해적에게 향했다. 잠시 후 또 하나의 벼락이 해적의 몸을 도체로 사용하였다. 전압, 전류, 저항이 모두 컸는지 이번에도 비명을 지르며 쓰러진 채 바들바들 떤다.

"와아아아!"

바라보고 있던 노예들이 일제히 함성을 지른다. 작업 감독을 하던 해적들은 악질 중의 악질이었기 때문이다.

추호의 인정도 없던 놈들이 하나하나 죽어 자빠지니 어찌 통쾌하지 않겠는가!

현수는 농지 곳곳을 돌아다니며 해적들을 제거했다. 마른 하늘에서 떨어진 날벼락이 그들을 죽음에 이르게 한 것이다.

그렇게 이십여 명을 자빠뜨리곤 해적들이 모여 있다는 2층 짜리 건물로 향했다.

문을 밀치고 들어서니 주향이 풍겨온다. 대낮부터 싸구려 술을 마시는 모양이다.

현수가 들어섰지만 아무도 시선을 주지 않는다.

"크하하하! 좋아, 좋아! 더하라구, 더해!"

"크흐흐! 그거밖에 안 돼? 안 되면 내가 하고."

"그래, 고든이 더 잘하겠다. 넌 비켜라."

"시끄러! 이번엔 내 차례야! 절대 양보 못해! 크흐흐!"

술잔을 든 해적들이 껄껄거리며 한곳에 집중해 있다.

뭔가 싶어 바라보니 대(大) 자 모양의 형틀이 보인다.

조금 더 자세히 살펴보았다.

형틀에는 여인 하나가 사지를 벌린 채 묶여 있다. 팔목과 발목은 가죽 띠로 고정되어 있고, 입에는 재갈이 물려 있다.

여인은 전력을 다해 발버둥치는 중이다.

그녀의 다리 사이에 바지를 벗고 한 사내가 서 있다. 나머지는 흥미진진한 표정으로 둘을 바라보는 중이다.

"야! 한잔하고 해. 그래야 오래 하지."

"크흐흐! 그래 볼까?"

사내가 곁에 있는 주석 잔을 집어 들더니 벌컥벌컥 들이켠다.

"으으으! 으으으으!"

여인은 겁에 질린 얼굴로 고개를 흔든다. 조만간 벌어질 일을 피하고 싶은 것이다.

"크흐흐! 내가 첫 번째라니, 횡재했군. 크흐흐흐!"

사내는 손에 들고 있는 쪽지를 다시 한 번 바라보았다. 이번 해적질에선 제법 많은 여인이 잡혀왔다.

귀족 둘에 시녀 여섯이다.

귀족들은 부두목과 그의 심복인 헤이달에게 보내졌다. 남은 시녀 여섯을 차지하기 위해 제비뽑기를 했다.

3만에 가까운 해적 가운데 이번 해적질에 나섰던 3천 명이 참가한 제비뽑기이다.

귀족가의 부인과 영애의 수발을 들던 시녀들을 누가 먼저 차지하느냐 하는 것이다. 이번에 잡혀온 계집들은 미색이 곱다고 소문났기에 해적들은 혈안이 되어 제비뽑기를 했다.

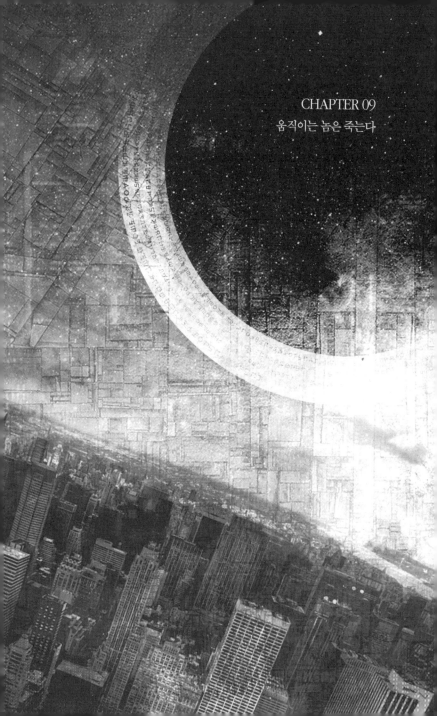

CHAPTER 09
움직이는 놈은 죽는다

이들이 뽑은 제비는 총 3,000장이다.

이 중 2,880장은 꽝이고, 나머지 120장엔 각기 6장씩 1부터 20까지 쓰여 있다. 1이 6장, 2도 6장, 3도 6장이다.

1이라 쓰인 제비를 뽑은 6명은 다시 한 번 추첨을 통해 계집을 선택할 권리가 주어진다. 여기서 또 1을 뽑은 녀석이 가장 먼저 가장 예쁘고 싱싱한 시녀를 차지하는 식이다.

다시 말해 6명의 시녀는 오늘 하루 동안 각기 20명의 사내를 상대해야 하는 상황인 것이다.

전에도 이런 일이 있었다. 그때는 1부터 100까지 쓰인 제비를 뽑게 했다. 그때 불상사가 있었다.

　잠시의 휴식도 없이 사내들이 달려든 까닭에 여인들이 미치거나 목숨을 잃은 것이다.

　그날 이후 하루에 20명이 상한선으로 정해졌다.

　아무튼 내일 아침이 되면 또다시 제비뽑기가 실시된다.

　지금은 1번을 뽑은 녀석 중 또다시 1번을 뽑은 놈이 음욕을 채우려는 중이다.

　"크흐흐! 그럼 본격적으로 맛 좀 보실까?"

　녀석은 시녀의 의복을 거칠게 잡아챘다.

　"이잇!"

　찌이이익—! 찌이익—!

　"우우, 우우우우!"

　사내가 음흉한 괴소를 지으며 옷을 찢자 뽀얀 살결이 드러난다. 여인은 겁에 질린 표정으로 고개를 좌우로 흔든다.

　같은 순간, 실내의 사내들 모두 충혈된 눈으로 여인의 나체를 바라본다. 물론 음욕에 가득 찬 눈빛이다.

　한편, 한쪽에 묶여 있는 여인 다섯은 겁에 질린 표정이다.

　귀족가의 시녀들은 평민보다 좋은 옷, 좋은 음식, 좋은 잠자리를 제공받는다. 또한 적절한 교육을 받기에 글을 읽고 쓸수는 없지만 평민보다는 훨씬 윗줄이다.

　그런데 냄새나고 무식하며 포악한 해적들에게 몸을 망치

게 될 것이란 생각 때문에 절망하는 중이다.

"크흐흐! 고년 앙탈은……. 크흐흐! 조금만 기다려. 내가 아주 황홀한 맛을 보여줄 테니."

"크크크! 황홀 좋아하네. 야, 토끼가 어떻게 그런 걸 느끼게 하냐? 고든이라면 몰라도. 안 그래?"

"크하하하! 맞아, 맞아! 고든이라면 몰라도 넌 안 돼!"

"이런 빌어먹을 자식들이……! 좋아, 잘 봐둬. 나 듀란이 어떻게 이년을 뽕 가게 하는지."

동료들의 비아냥거림에 화가 난다는 듯 상의까지 훌렁 벗어젖힌다.

발가벗은 해적은 전신 근육이 울퉁불퉁했다.

"자, 이제 시작하지. 크흐흐!"

해적은 여인의 다리 사이로 조금 더 다가갔다. 그리곤 막 둔부를 뒤로 빼려 할 때다.

"아! 거기까지!"

"뭐야?"

"어라? 넌 누구냐?"

"그러게. 어떻게 도망쳤지?"

현수의 말에 시선을 돌린 해적들이 눈을 크게 뜬다. 동료가 아니기 때문이다.

이곳까지 오려면 들판을 지나쳐야 하는데 곳곳에 해적들

이 노예들을 감시하고 있다.

그들의 시선을 피해 이곳까지 온다는 것은 거의 불가능하다. 그렇기에 놀랍다는 표정을 짓는 것이다.

"아무래도 도망친 놈 같다. 뭐해? 저놈을 잡아야지!"

감옥에 가둬둔 놈이 탈출했나 싶었는지 일제히 커틀러스[14)를 뽑아 든다.

스르르릉―!

현수 역시 바스타드 소드를 뽑아 들었다. 마법을 쓰다가 자칫 여자들을 다치게 할 수도 있기 때문이다.

"뭐야, 이 자식은? 이런 쓰브럴!"

현수는 혼자고 커틀러스를 뽑아 든 기세등등한 해적은 30명이 넘는다.

바스타드 소드가 커틀러스보다 길기는 하지만 상대가 너무 많다. 따라서 죽기 싫으면 얼른 손들고 항복하는 것이 정상이다. 그런데 전혀 그럴 기색이 보이지 않는다.

"죽엇!"

휘이익―!

뒤쪽에 있던 놈이 느닷없이 달려든다.

푸욱!

"캐액!"

---

14) 커틀러스(Cutlass) : 주로 옛날 선원들이 쓰던 폭이 넓고 휘어진 단검.

털썩─!

뒤를 돌아보거나 몸을 돌리지도 않았다.

그저 뒤쪽으로 바스타드 소드를 뻗었을 뿐이다. 공격하던 해적은 그것에 제 가슴을 들이민 셈이 되었다.

비명과 함께 쓰러진다. 물론 선혈도 뿜어진다.

피를 봐서 그런지 해적들의 눈빛이 흉흉해진다.

"뭐야? 모두 덤벼!"

"그래, 죽엇!"

여섯 놈이 거의 동시에 현수에게 쇄도하였다.

휘이익─!

챙, 서걱! 채챙, 서걱! 챙, 챙챙!

퍼억! 퍼퍽! 퍽, 팍, 퍽!

"캐액! 크윽! 악! 끄윽! 아악! 크헉!"

여섯 자루의 커틀러스는 바스타드 소드에 격중되는 순간 모조리 베어지거나 부서졌다. 압도적인 강도 때문이다.

이것들의 파편이 사방으로 튀자 모두들 움찔거리며 피한다. 이때 현수의 왼손과 두 발이 현란한 움직임을 보인다.

명치와 목덜미, 그리고 허벅지와 사타구니 등을 강력하게 가격한 것이다.

와당탕! 우장창창! 와장창! 우당탕─!

"헉! 뭐야?"

누군가의 입에서 당혹성이 튀어나온다. 공격하던 여섯 모두 오만상을 하며 몸을 웅크리고 있기 때문이다.

"크허억! 으으으, 으으으으!"

다들 금방 조용해졌는데 유독 하나만 격한 신음을 토한다.

조금 전 시녀를 겁탈하려던 놈이다. 사타구니를 걷어차였는지 두 손으로 그곳을 부여잡고 데굴데굴 구른다.

당해보지 못한 사람은 짐작도 못할 고통이지만 모두들 인상을 찌푸린다. 어떤지 대강 짐작되는 모양이다.

"더 해볼 거야?"

"……!"

아무도 대꾸하지 않는다. 다만 고개만 저을 뿐이다.

방금 전 넘빈 여섯은 해적들 가운데에서도 발군의 전투력을 지닌 자들이다.

그런데 다 당하는 데 불과 10초밖에 안 걸렸다.

그리고 모두 전투력을 상실한 상태이다. 따라서 덤벼봤자 고통만 당할 것이라 생각하는 모양이다.

"꿇어!"

쿠쿵, 쿵, 쿠쿠쿵! 쿠쿠쿠쿵!

난폭한 해적이지만 제 목숨은 귀했는지 일제히 무릎을 꿇는다.

현수는 벌벌 떨고 있는 시녀에게 다가가 찢겨진 옷으로 몸을 가려준 뒤 묶인 끈을 풀어주었다.

"아! 하인스 마탑주님, 고맙습니다. 정말 고맙습니다."

시녀 가운데 하나가 현수를 알아본다. 시선을 돌려보니 로잘린의 시녀이다.

"……!"

해적들은 전율을 느끼는지 부르르 떤다.

섬에 있지만 하인스 마탑주가 아르센 대륙 전체를 들썩이게 한 이실리프 마탑주라는 것쯤은 알기 때문이다.

"지금부터 여섯 시간을 줄 것이다. 이 섬에 있는 해적 전원을 집합시키도록 하라. 집합 장소는……."

이곳의 지명을 모르기에 잠시 말을 끊었다. 그러자 해적 가운데 하나가 입을 연다.

"노리아 평원으로 모이게 하겠습니다."

"노리아 평원?"

"네, 섬의 중심부에 있는 야트막한 언덕입니다요. 제법 넓어 다 모일 수 있을 겁니다요."

"그래? 네 이름은 뭐지?"

"소, 소인은 함멜이라 합니다요."

"좋아, 함멜."

함멜에게 주었던 시선을 돌리자 해적들 모두 겁먹은 표정으로 올려다본다.

"함멜의 말대로 모든 해적으로 하여금 노리아 평원에 집결하도록 하라. 참, 내게 대항하고 싶으면 그래도 된다고 전하라. 알겠는가?"

"아, 알겠습니다요."

해적들이 일제히 고개를 끄덕인다.

"뭐해? 어서 가서 말 전하지 않고!"

"네? 아, 네. 아, 알겠습니다요."

자리에서 일어선 해적들은 서둘러 밖으로 향한다.

주점 바닥엔 온갖 무기가 즐비하다. 그걸 들고 나가다가 마탑주의 눈에 뜨여 죽기 싫었던 모양이다.

"아아, 마탑주님!"

"고생이 많있다. 옷부터 입도록."

"네, 알겠습니다."

시녀 여섯은 서둘러 의복을 입는다. 하지만 제대로 가려지지 않는다. 넝마에 가까울 정도로 찢어진 때문이다.

"흐음, 아공간 오픈!"

시녀들을 일견하곤 여섯 벌의 원피스를 꺼냈다.

"이걸 입도록."

"가, 감사합니다."

시녀들은 서둘러 의복을 갈아입었다. 속옷이란 게 없기에 달랑 그것만 걸치자 몸매가 확연히 드러난다. 하지만 어쩌겠는가! 이제 와 속옷을 꺼내주고 다시 입으라고 할 수도 없다.

그렇기에 시녀들의 앞에 섰다.

"자, 날 따라오도록!"

"네, 마탑주님!"

시녀들 모두 공손히 고개를 숙인다. 이들 여섯을 데리고 로잘린이 있는 곳으로 향하는 동안 해적들은 이실리프 마탑주가 나타났다는 말에 혼비백산하며 도주할 길을 찾는다.

불행히도 섬을 떠날 수 있는 유일한 교통수단인 배는 단 한 척도 없다.

어찌 된 영문인지 모르는 자들이 소란을 피웠다. 그렇다고 바다 멀리 띄워 보낸 배가 돌아올 일은 없었다.

"뭐 하십니까? 선장님! 어서 노리아 평원으로 가야 합니다. 늦으면……."

"안다, 알아! 할 수 없군. 가자."

제법 힘깨나 쓰는 자인지 모든 해적이 섬의 중심부로 이동하기 시작한다. 마탑주의 심기를 흐리는 것은 죽음을 재촉하는 것과 같기 때문이다.

"자기야!"

문을 열고 들어서자 로잘린이 달려와 안긴다. 와락 안기는 교구를 받아 안으며 로니안 자작에게 시선을 주었다.

"별일 없으셨지요?"

"그렇다네. 바깥은 어떻게 되었는가?"

"기사와 마법사들은 모두 구출했습니다. 이제 밖으로 나오셔도 됩니다."

"오! 그런가?"

로니안 자작이 반색하며 나선다. 밖에는 전갈을 받은 기사와 마법사들이 도열해 있다.

"영주님을 뵙습니다."

"오, 롤랑! 수고가 많았네!"

문을 나서는 동안 롤랑 마법사가 보낸 전갈 덕분에 구하러 올 수 있었다고 말한 결과이다.

"저의 의무였습니다, 영주님!"

대답은 로니안 자작에게 한 것이지만 시선은 현수에게 향해 있다. 하늘같은 매지션 로드를 뵙는다는 표정이다.

"부두로 가시지요."

"그러세."

일행은 모든 선박이 떠내려갔음을 모르기에 고개를 끄덕이곤 뒤를 따른다.

선두에 선 현수는 어깨 위의 아리아니에게 뜻을 전했다.

[아리아니, 가서 적당한 배 한 척 가져올래?]

[어떤 배요?]

[혹시 로니안 자작 일행이 타고 온 배를 식별해 낼 수 있겠어?]

[물론이에요. 그걸로 가져와요?]

[그래.]

[알았어요. 금방 가져올 수 있을 거예요.]

아리아니가 훨훨 날아가는 모습을 지켜보고 있자 곁에 있던 로잘린이 의아하다는 표정이다.

"자기야, 하늘에 뭐 있어요? 뭘 그렇게 봐요?"

"응? 아니, 아무것도."

설명해 주지 못할 이유가 없지만 지금은 구구절절 이야기할 시간이 없다. 그렇기에 대강 얼버무리곤 부두로 향했다.

"와아! 우리 배다!"

"어서 오르시지요."

"같이 안 가는가?"

"네, 이곳의 일을 마무리해야 할 것 같습니다. 먼저 가시면 뒤를 따르지요."

"그래, 그럼 그러게."

수도로 가는 동안 해적과 불미스런 일이 있었지만 왕궁까지 가야 할 시한은 정해져 있다.

로니안 자작을 후작으로 승작시키는 모습을 보기 위해 많은 귀족이 수도로 집결하는 상황이기 때문이다.

주인공이니 약간 늦을 수도 있다. 하지만 그것도 정도가 있다. 너무 늦으면 국왕을 비롯한 귀족들에 대한 예의가 아니다. 그렇기에 서두르는 것이다.

"일단 배를 점검해 보게."

"네, 영주님."

기사 크린스가 군사들을 이끌고 승선하자 롤랑 등은 바깥쪽에 이상이 없는지 여부를 확인하는 작업을 했다.

"영주님, 국왕 전하께 바치려던 예물이 사라졌습니다."

"그래?"

대답을 하며 현수를 바라본다. 잃어버린 공물을 찾아줄 수 있겠느냐는 표정이다.

주변을 휘휘 둘러보니 해적은 없다. 모두 섬의 중심부로 향하는 중이기 때문일 것이다.

"무엇을 준비하셨습니까?"

"후춧가루와 연막탄이네. 이레나 광산에서 캐온 마나석도 조금 있었고."

"흐음 그럼… 잠시만요. 아공간 오픈!"

아공간을 연 현수는 백두마트 엔틱 코너에서 팔던 거울들을 꺼냈다.

승작을 기념하는 의미로 국왕에게 선물하는 것인지라 상당히 많은 수를 꺼냈다. 국왕뿐만 아니라 고위 귀족들에게도 일부 돌아가야 할 것이기 때문이다.

벽걸이도 있고 탁상용과 전신거울도 있다.

"우와, 이건……!"

역시 세실리아 부인이다. 현수가 꺼내놓은 거울들을 보며 입을 다물지 못한다. 금장, 은장처럼 보이지만 실제론 플라스틱에 도색을 하였거나 주석에 도금한 것이다.

그럼에도 전체가 금이거나 미스릴이라 생각했는지 눈이 왕방울만 하게 커진다.

"이 정도면 되겠습니까?"

"무, 물론이네. 이건 정말……."

로니안 자작 역시 놀라움을 금치 못한다.

세실리아 부인과 같은 의미의 놀라움이 아니다. 거울이 너무도 맑았기 때문이다.

"세상에……!"

현수가 가장 마지막으로 꺼내놓은 것은 전신거울이다. 가로 1m, 세로 2m쯤 되니 큼지막하다.

로잘린은 자신의 모습을 비춰보며 나지막한 탄성을 낸다. 이토록 크고 맑은 게 있을 거라곤 상상도 못한 때문이다.

"먼저 출발하십시오. 곧 따라가겠습니다."

"…알겠네. 그리 하지."

로니안 자작 일가가 승선하는 동안 부두로 몰려드는 사람들이 있었다.

해적들에게 잡혀와 노예로 부림을 당하던 이들이다.

감시의 눈길이 사라지면서 소문이 번지자 섬을 떠나기 위해 부두로 몰려온 것이다.

"마법사님!"

시선을 돌리자 손목과 발목에 굵은 쇠고랑이 채워진 사내가 서 있다. 마르기는 했지만 피골이 상접한 정도는 아니다.

"…자넨 누군가?"

"미판테 왕국 홀렌 영지의 수석기사 로드젠입니다."

"……?"

영지의 수석기사라면 최소 소드 익스퍼트 중급은 된다.

그럼에도 제압당해 노예 생활을 한 걸 보면 해적들의 무력 또한 상당한 듯싶다.

"마법사님, 저희가 이 섬을 떠날 수 있도록 도와주시면 안 되겠습니까?"

사내는 바다 멀리 떠 있는 배들을 바라보고 있다. 배만 타면 지긋지긋한 이곳을 떠날 수 있을 거라 생각하는 듯하다.

현수는 로니안 자작에게 시선을 주었다.

"장인어른, 홀렌 영지는 어느 곳에 있는지요?"

"홀렌 영지? 아, 그 영지는 네로판 영지와의 영지전에서 져서 흡수당했네."

"네? 뭐, 뭐라고요?"

기사 로드젠의 눈이 퉁방울만 해진다.

"홀렌 영지가 네로판 영지에게 먹혔다는 뜻이네."

"세상에! 어떻게 그런 일이……. 누구신지 모르겠습니다만 홀렌 영지는 네로판 영지보다 무력이 더 강합니다. 그런데 어떻게 그런 일이 벌어진단 말입니까?"

로드젠은 말도 안 된다는 표정이다.

"나는 테세린의 영주 로니안 자작이네."

"아! 실례했습니다. 저는 홀렌 영지의 수석기사 로드젠 아우딘 준남작이라 합니다."

정중히 고개 숙인 로드젠은 시선을 들어 보다 자세히 설명해 달라는 표정을 짓는다.

"네로판 영지의 하우드 남작 딸이 베르세 반 스트마르크 백작의 며느리가 되었다는 걸 아는가?"

"스트마르크 백작님이시라면 우리 왕국 중동부 변경백이신 그분 말씀하시는 겁니까?"

"그러하네."

로니안이 고개를 끄덕일 때 현수는 일전에 만났던 스트마르크 백작을 떠올렸다. 풍채 좋은 50대로 욕심 사납게 생긴 메기를 닮은 인물이다.

미판테 왕국에서 아드리안 공국으로 넘어가려 할 때 만난

바 있다. 당시 수행원이 없어 불편하겠다면서 노예를 사라고 권유하던 전형적인 귀족이다.

그때 기사라는 느낌을 받았다.

다시 말해 무력을 숭상하는 인물이다. 게다가 변경백이니 상당한 군사력을 보유했을 것이다.

네로판 영지와의 영지전에 스트마르크 백작의 힘이 가세되었다면 홀렌 영지가 버텨내지 못했을 것이다.

홀렌 영지는 인접한 네로판 영지와 길고 긴 반목의 세월을 보냈다. 사소한 감정싸움이 번진 결과이다.

늘 으르렁거렸지만 군사적 충돌은 없었다. 공멸하게 될 것이 뻔했기 때문이다.

두 영지를 둘러싼 다른 영지의 영주들은 매우 탐욕스럽다.

둘이 붙으면 승자의 뒤통수를 갈겨 두 영지를 나눠 먹을 것이 분명하다. 그렇기에 말로만 다툴 뿐이었다.

그러는 동안 각기 군사력을 키웠다. 언젠가는 한번 붙을 것이기 때문이다.

기사 로드젠이 주군의 명을 받아 수도로 가다가 해적들에게 납치되기 전까지만 해도 홀렌이 우세했다.

하지만 스트마르크 백작의 무력이 더해진 네로판 영지를 감당해 내기엔 힘들었을 것이다.

"그래서 저희 영주님은 어떻게 되셨습니까?"

"전사하였네."

"아! 아아, 주군이 돌아가시다니……."

로드젠의 신형이 휘청거린다. 충격적인 소식에 무릎에서 힘이 빠져버린 때문이다.

"그, 그럼 소영주님 등은 어찌 되셨습니까?"

주군이 죽으면 그의 아들에게 충성을 바치는 것이 이 시대 기사들의 소임이기에 물은 것이다.

"안타깝게도 홀렌 자작의 가솔 모두 이 세상 사람이 아니네. 국법으로 엄히 금하고 있건만 영지전의 혼란을 틈타 누군가 손을 쓴 모양이네."

"어떤 간악한……. 으으윽!"

홀렌 자작의 하나뿐인 아들이 살아 있다면 겨우 이제 열다섯 살이 되었을 꼬맹이다. 그런 아이까지 죽였다니 피눈물이라도 쏟아질 판이다.

"왕실에서 감독관을 파견하여 당시 상황을 파악하고 있네. 하지만 큰 기대는 말게. 역사는 승자의 손에 의해 쓰이는 법이니까. 게다가 스트마르크 백작의 힘도 만만치 않지."

"크으으! 억울합니다."

급기야 로드젠의 눈에서 눈물이 쏟아진다.

로니안 자작은 본인이 아는 범위 내의 이야기를 한다.

"자작의 기사들 전부 전사했네. 병사들은 전부 스트마르크 백작의 부대로 배속되었고."

"……!"

"영지의 관리들은 부정 축재한 것으로 밝혀져 강제 노역형에 처해진 상태이네. 거의 완벽하게 무너진 거지."

곁에서 듣자 하니 홀렌 영지는 완전히 끝났다.

영주 일가는 전부 죽었고, 무력의 중심인 기사들 또한 사라졌다. 병사들은 변방을 지키는 국경에 배치되면서 뿔뿔이 흩어졌고, 관리들은 모두 죄수가 되었다.

이들의 빈자리는 네로판 영지의 인물들이 차지했다.

뿐만 아니라 홀렌 영지의 평민과 농노들은 강제 이주되었다. 네로판 영지민과의 동화를 목적으로 섞어놓은 것이다.

"따라서 자네가 홀렌 영지가 있던 곳으로 되돌아가도 반겨줄 사람을 찾기 힘들 것이네."

"크흐으!"

로드젠은 나지막한 침음을 토한다. 로니안 자작의 말대로 돌아가 봤자 편히 누울 자리마저 사라진 듯하기 때문이다.

같은 순간, 로니안 자작은 로드젠을 눈여겨보는 중이다.

해적들에게 납치되어 고난의 세월을 보낸 듯하다. 그럼에도 주군을 잊지 못해 뜨거운 눈물을 흘린다.

이 정도면 훌륭한 기사라 할 수 있다. 휘하로 끌어들이면 좋을 듯싶다고 생각했다.

"어떤가? 이곳을 떠나고 싶은가?"

"네? 아, 네."

"자네가 미판테로 온다면 받아주지."

"네? 저를요?"

"그래. 지금이라도 원하면 저 배에 태워주겠네."

로니안 자작이 배를 가리키자 시선을 돌린다. 그러다 마스트 꼭대기에서 펄럭이는 깃발을 보았다.

테세린 영지의 문장이 그려진 것이다.

"……!"

"천천히 결정해도 늦지 않네. 언제든 마음이 결정되면 찾아오게. 테세린이 어디에 있는지는 알지?"

"네, 알고 있습니다."

네로판 영지나 스트마르크 백작의 영지로부터 멀리 떨어진 곳에 위치하고 있다.

테세린으로 가면 홀렌으로 가는 일은 영영 이루어지지 않을 수도 있다. 그렇기에 심히 저어된다는 표정이다.

이때 크린스가 다가와 절도 있는 동작으로 보고한다.

"영주님, 출항 준비를 마쳤습니다."

"아, 그래? 나는 이만 가네. 나중에 보세."

"네, 안녕히 가십시오."

로드젠이 정중히 고개 숙일 때 로니안 자작은 눈치챘다. 테세린으로 올 마음이 없다는 것을.

하여 아쉬운 마음을 접고 현수에게 시선을 준다.

"나는 먼저 가겠네."

"네, 이곳 일을 수습하면 곧 뒤따르겠습니다."

로니안 자작 일가가 출항할 때까지 현수는 부두를 떠나지 않았다. 혹시라도 있을지 모를 불상사를 대비하기 위함이다.

또한 끝도 없이 부두로 몰려드는 사람들을 통제하여야 하기 때문이기도 하다.

"로드젠, 나를 도와주겠나?"

"네, 말씀만 하십시오."

"이곳으로 오는 사람들 가운데 해적이 끼어 있는지 확인해 주게. 아울러 노예들을 출신별로 분류해 주게."

"네? 그게 무슨……?"

어떤 기준이냐는 표정이다.

"기사, 병사, 마법사, 상인 등으로 분류해 주게."

"알겠습니다."

"먼저 손부터 내밀게."

"네."

로드젠은 굵은 쇠고랑이 채워진 두 팔을 앞으로 내밀었다.

쇠사슬로 이어진 이것은 15㎏ 정도 된다. 마나 구속구가 부족하기에 노예의 기력을 빼앗기 위해 제작된 것이다.

현수는 아공간에서 대거 한 자루를 꺼냈다. 그리곤 단번에 쇠고랑을 잘라냈다.

서걱, 서걱—!

쿵! 촤르르르—!

"……!"

로드젠은 손목을 구속하고 있던 쇠고랑이 베어지는 순간 대거에서 뿜어진 시퍼런 검강을 보았다.

소드 마스터가 아니면 불가능한 일이다.

"소, 소드 마스터셨습니까?"

"아니."

"네? 조금 전 그건 분명……?"

분명한 검강이었다. 그게 아니라면 쇠고랑은 베어지지 않았을 것이다. 지난 10년 동안 온갖 수를 다 부려보았지만 끄떡도 없던 것이다. 그런데 확실하게 잘라졌다.

검강이 아니라면 불가능한 일이다.

아무튼 검강은 모든 기사가 바라 마지않는 소드 마스터의 전유물이다. 그런데 아니라고 하니 대체 뭐냐는 표정이다.

"소드 마스터 아니라고."

"그, 그럼? 방금 전의 그것은 분명 검강이었습……."

로드젠의 말은 길게 이어질 수 없었다. 현수가 말을 끊은 때문이다.

"검강 맞아. 그리고 난 그랜드 마스터야."

"네? 네에?"

예상대로 눈알이 튀어나올 정도로 눈을 크게 뜬다. 그리곤 숨조차 쉬지 못하고 있다. 너무도 놀란 때문이다.

"그랜드 마스터 처음 봐?"

"네? 아, 네. 네, 네! 당, 당연히 처음 보죠."

완전히 얼이 빠진 모양이다. 아마 본인이 무슨 말을 했는지 조차 모를 것이다.

"발목의 것도 잘라야지?"

"네? 아, 네."

상체를 약간 뒤로 제치는 사이에 발목에 감겨 있던 쇠고랑 마저 베어졌다.

서걱! 서걱―!

마치 두부가 베어지는 듯 소리도 크지 않다.

철거덕―!

"가, 감사합니다."

CHAPTER 10
내가 모두 갖겠다

로드젠이 고개 숙여 사의를 표한다.

"일체의 약탈 행위 등은 금하네."

"알겠습니다."

"좋아. 플라이!"

현수의 몸이 허공으로 둥실 떠오르자 부두에 모여 있던 모두의 시선이 미친다.

"모두 들어라!"

"……!"

"나는 이실리프 마탑의 제2대 마탑주이다. 잠시 이곳에 머물며 기사 로드젠의 지휘를 따라주기 바란다."

"......!"

모두들 겁먹은 표정이다. 혹시라도 무지막지한 마법을 난사하는 건 아닌가 싶어 그럴 것이다.

그러거나 말거나 몸을 날려 섬을 한 바퀴 휘돌아 보았다.

확실히 진도보다 큰 섬이다.

섬의 중앙부엔 편평한 분지가 있고, 둘러싸고 있는 산들로부터 물이 흘러나와 여기저기 호수가 조성되어 있다.

농사를 짓는다면 해적 3만과 그의 가족 및 노예들 모두 배불리 먹을 수 있을 듯싶다.

"흐음, 이만하면 경치도 괜찮군."

파이렛 군도는 지구로 치면 적도 인근이다. 하여 일 년 내내 더운 여름이다.

해적들은 숲을 개간하여 농사를 짓기보단 약탈을 택했다. 그렇기에 아름다운 자연이 거의 훼손되지 않은 상태이다.

"호오! 저건 멋있군. 한번 가볼까?"

섬의 동북부에 폭포가 보인다. 가까이 가보니 지나에 있는 구채구[15]와 비슷한 풍경이 펼쳐져 있다. 참으로 아름답다.

허공에 멈춘 현수는 새삼스런 눈으로 주위를 둘러보았다. 그러고 보니 대단히 아름다운 섬이다.

---

15) 구채구(九寨溝) : 지나 사천성에 소재한 관광지.

"흐음! 정말 괜찮군."

고개를 끄덕이곤 천천히 이곳저곳을 둘러보았다.

여름 휴양지로 각광받는 필리핀의 세부나 보라카이, 태국의 푸켓이나 파타야보다도 더한 절경이 곳곳에 널려 있다.

"흐음, 해수 피라니아와 메갈로돈 같은 포식자들이 문제군. 이놈들을 어쩐다?'

해변에 당도한 현수는 맑디맑은 물을 바라보며 나직이 중얼거렸다.

"아리아니!'

"네, 주인님!'

"물의 정령 엔다이론 좀 불러줄래?'

"엔다이론은 또 왜요?'

현수가 자꾸 정령들을 부르는 것이 못마땅한 표정이다.

"이 근처 해역에 메갈로돈과 해수 피라니아들이 많은데 이 녀석들을 멀찌감치 몰아내게 하려고."

"이 근처 전부요?'

아리아니가 눈을 크게 뜬다.

"응, 가능하지?'

"아뇨. 엔다이론의 힘으론 불가능해요."

"왜지?'

"그러려면 엔다이론이 이 근처 해역에 상주해야 해요."

"아! 그럼 어떻게 하지? 방법이 없어?"

"……!"

아리아니는 잠시 말을 끊었다.

"아리아니의 힘으로도 안 되는 일이야?"

"…아뇨. 가능해요. 그런데 그러려면 마음에 안 드는 녀석을 불러야 해서요."

"마음에 안 드는 녀석?"

"네, 엘라임이라는 놈이에요."

"아! 물의 정령왕? 근데 녀석이라면 남성체인 거야? 여성체도 있잖아."

"엘퀴네스의 힘으론 부족해요. 주인님이 원하시는 일은 그녀석이 와야 해결될 일이에요."

현수는 아리아니의 뾰로통한 표정을 보고 갸웃거렸다.

"뭐가 마음에 안 들어서 그러는데?"

"녀석이 날 만만하게 보거든요."

"아, 그래? 그럼 안 되는 거잖아. 아리아니는 모든 정령을 총괄하니까."

"맞아요. 근데 내가 여성체라고 기어올라요. 참 마음에 안 드는 녀석이에요. 쳇!"

아리아니는 상상만으로도 삐쳤다는 듯 팔짱을 끼곤 코웃음을 친다.

"흐음, 그래? 그럼 어쩐다? 엘라임을 못 부르면 머메이드라
도 불러보아야 하나?"

현수의 나직한 중얼거림을 들은 아리아니가 자지러질 듯
한 표정으로 바뀌며 입을 연다.

"머메이드요? 아, 안 돼요. 에, 엘라임 부를게요."

머메이드는 반인반어이다. 사람들은 인어라 부른다.

상체는 인간이고 하체는 물고기인 이것의 암컷은 종족 번
식 욕구가 엄청 강하다. 하여 머메이드 수컷뿐만 아니라 인간
사내들까지 유혹한다. 특히 힘 있는 자들을 선호한다.

만일 머메이드를 불렀는데 암컷이 온다면 아주 귀찮은 일
이 벌어질 것이다.

뜻을 이룰 때까지 현수를 유혹하려 할 것이기 때문이다.

머메이드는 발정기가 되면 인간의 모습으로 바뀌는 마법
을 부릴 수 있다. 뭍에서의 생활이 가능해지는 것이다.

그러면 씨를 받을 때까지 쫓아다닐 수도 있다. 하늘 같은
주인님을 한낱 머메이드들이 노린다는 건 어불성설이다.

그렇기에 질색하는 표정을 지은 것이다.

"뭐지?"

이 반응은 대체 뭔가 싶을 때 아리아니가 입을 연다.

"엘라임, 얼른 나와 봐! 얼른! 빨랑 나오란 말이야!"

퍼어어엉—!

알라딘의 램프에서 지니가 솟아나듯 뿌연 연기가 솟아나는가 싶더니 근육 우람한 남성체가 형성된다.

"오! 아리아니, 오랜만이야! 이게 얼마만이지?"

"이 녀석이! 너, 감히 내게 반말을 해? 설마 내가 누군지 잊은 거야?"

"잊기는, 켈레모라님의 위세만 믿고 까불던 숲의 요정이지. 근데 어쩌냐? 켈레모라님은 마나의 품으로 가셨는데."

뒤를 봐줄 힘이 잃었으니 기어오른다는 표정이다.

"뭐, 뭐야?"

아리아니는 머리끝까지 화가 났다는 표정을 짓는다. 이때 현수가 끼어들었다.

"아리아니, 이 친구가 불의 정령왕 엘라임이야?"

"…네, 주인님. 참 버르장머리 없죠?"

"주인님? 누, 누구……?"

엘라임은 무시무시한 기세를 뿜어내는 현수는 보곤 화들짝 놀라는 표정을 짓는다.

"인사드려. 내 주인님이셔."

"주, 주인님……? 켈레모라님은 오래전에 마나의 품으로 돌아가셨는데 주인님이라고?"

숲의 요정 아리아니는 모든 정령을 불러낼 수 있다.

물, 불, 바람, 땅은 물론이고, 빛과 어둠, 그리고 금속 속성까지 가졌기 때문이다.

아리아니는 켈레모라니라는 고룡과 늘 함께했다.

그리고 드래곤 하트로부터 거의 무제한에 가까운 마나를 빨아들여 이를 정령력으로 변환시키는 능력이 있다.

이 정도면 정령왕이 정령계에서 가지는 힘과 비슷하다.

엘라임은 중간계로 나옴과 동시에 능력이 절반 정도로 떨어진다. 다시 말해 중간계에선 아리아니가 두 배로 강하다.

그렇기에 각 속성의 정령왕조차 함부로 대할 수 없어 정중히 대해왔다.

그러다 우연한 기회에 켈레모라니가 마나의 품으로 돌아가게 된 걸 알았다.

레어의 호수에 살던 모든 어패류와 수생 식물을 다른 곳으로 이동시키다가 알게 된 사실이다.

처음엔 여전히 켈레모라니가 존재하는 줄 알았기에 찍소리 않고 부탁을 들어줬다.

일을 마칠 즈음에야 사실을 알게 된 것이다.

그때부터 엘라임은 아리아니를 함부로 대했다. 엇비슷한 힘을 가지게 되었기 때문이다.

그런데 지금 현수로부터 아리아니에게로 무지막지한 마나가 빨려나가는 중이다.

그럼에도 눈썹 하나 까딱하지 않고 있다.

현수를 켈레모라니 못지않은 고룡이라 생각한 엘라임은 약간은 겸손한 표정으로 바꾸었다.

아리아니가 자신보다 두 배는 강한 상태가 되고 있음을 눈치챈 때문이다.

"내 주인님이시라고 했잖아. 인사 안 드려?"

"처, 처음 뵙겠습니다. 엘라임입니다."

"반가워. 나는 하인스 멀린 킴 드 셰울이라고 해."

현수가 손을 내밀자 황송한 표정으로 고개 숙이며 맞잡는다. 악수를 알아서가 아니라 왠지 그래야 할 것 같아서이다.

"저어, 혹시 어느 일족이신지요?"

"일족? 아, 난 드래곤이 아니라 인간이야."

"네? 뭐라고요? 인간이 어찌……?"

말도 안 된다는 표정이다. 아리아니에게 흘러가고 있는 마나는 인간이 지닐 수 없는 양이기 때문이다.

"인간 맞으셔. 그리고 주인님은 10서클 마스터이시지. 게다가 그랜드 마스터이면서 보우 마스터이기도 하셔. 까불면 소멸당하는 수가 있어."

"10, 10서클 마스터에 그랜드 마스터시라고요?"

엘라임의 얼굴이 긴장된 표정으로 바뀌자 아리아니는 몹시 거만하게 팔짱을 끼며 입을 연다.

"그래. 전무후무할 분이시지. 그래서 내가 주인님으로 모셨어. 네게 시키실 일이 있다 하셔서 부른 거야."

"하, 하명하십시오."

엘라임은 완전한 저자세로 바뀌었다.

아리아니 하나만으로도 벅찬데 10서클 마스터라면 드래곤보다도 더한 화후에 있다는 뜻이다.

당연히 알아서 찌그러져야 하는 존재이다.

"이 인근에 60개쯤 섬이 있어. 근데 사람 살을 뜯어 먹는 손바닥보다 조금 큰 것들과 아주 큰 물고기가 살고 있지."

"주인님, 조그만 거 이름은 해수 라니야이구요, 큰 놈은 빅죠(Big Jaw)라고 해요."

"그래? 아무튼 해수 라니야와 빅죠 같은 것들을 인간과 관련 없는 해역으로 보냈으면 하는데 가능하겠어?"

"이 해역에서 사라지게 하면 되는 겁니까?"

"그래. 인간들이 바닷가에서 마음 놓고 물놀이를 하고 고기잡이도 할 수 있을 정도면 돼."

"맡겨주십시오. 그렇게 되도록 하겠습니다."

엘라임이 허리를 깊숙이 숙인다.

"고마워."

"고맙기는요. 일을 맡겨주셔서 영광입니다."

정중히 고개 숙인 엘라임이 휘리릭 날아가자 기다렸다는 듯 아리아니가 입을 연다.

"주인님, 그것들은 왜 멀리 보내려 하시는 건데요?"

"그건 이 섬들을 쓸 만하게 만들기 위해서야."

"네? 그게 무슨……?"

아리아니가 반문했지만 현수는 대답하지 않았다. 대신 이곳저곳을 부지런히 둘러보았을 뿐이다.

"시간 다 되었어요."

"그래? 알았어."

땅으로 내려와 노리아 평원 쪽으로 걸음을 옮겼다.

분지 한가운데 위치한 평원의 초입엔 야트막한 협곡이 자리하고 있다. 이곳으로 접어든 것이다.

같은 순간, 파이렛 군도 인근 바다에선 치열한 공방이 벌어지는 중이다.

빅죠들이 떼를 지어 해수 라니야를 잡아먹으러 달려들었고, 손바닥만 한 이것들은 거대 포식자를 상대로 피 튀는 생존경쟁에 돌입했다.

엘라임이 두 무리 어족에게 각기 상대를 잡아먹도록 명령을 내린 결과이다.

빅죠는 바다의 제왕이다. 크라켄만 만나지 않으면 족히 200년의 수명을 누리며 포식한다.

해수 라니야도 포악하기는 마찬가지이다. 늘 뭉쳐 다니면서 같이 먹이를 사냥하고 방어도 함께한다.

빅죠는 깊은 바다에서 서식하고, 라니야는 얕은 바다 쪽에 몰려 있기에 서로를 사냥하는 일은 지극히 드물었다.

그런데 지금은 아니다.

깊은 바다에서 어슬렁거리던 빅죠들이 일제히 얕은 바다 쪽으로 쇄도하여 라니야들을 씹어 삼킨다.

거의 폭풍 흡입이라 해도 좋을 정도이다. 한 번에 수백 내지 수천 마리씩이 빅죠의 아가리 속으로 빨려든다.

졸지에 공격을 당한 라니야들은 습성대로 공동 대응 중이다. 그렇기에 섬 인근 바닷물이 시뻘겋게 물들고 있다.

이는 현수가 있는 이 섬 부근에서만 일어나는 일이 아니다. 파이렛 군도 전체 수역에서 같은 현상이 벌어지고 있다.

둘 다 포악하기는 마찬가지이다. 그렇기에 숫자는 급격하게 줄어드는 중이다.

최초의 격돌로부터 한 시간이 지났을 때 두 무리는 이전의 절반으로 줄어들었다.

빅죠가 아무리 크고 포악하다 하더라도 라니야만큼 빠르게 움직일 수는 없기에 빚어진 결과이다.

그러거나 말거나 두 무리의 혈투는 끝도 없이 벌어진다.

"아리아니, 거봐. 순순히 굴복하진 않을 거라 했지?"

"쳇! 그러네요. 근데 저 인간들은 겁도 없나 봐요. 감히 주인님에게 대항할 생각을 하니 말이에요."

둘은 앞쪽에서 느껴지는 존재감과 그들 사이의 긴장감을 느꼈지만 태연히 대화한다.

"그치? 어떻게 해줄까?"

"어떻게 하긴요, 이런 놈들은 한 번에 작살을 내줘야 다시는 못 기어오를 거예요."

"아무래도 그렇겠지?"

현수는 싱긋 웃음 지었다. 자신을 공격하려고 만반의 준비를 하고 있는 해적들이 가소롭기 때문이다.

"그럼 슬슬 가볼까?"

"네, 가서 작살내셔요."

현수는 짐짓 아무것도 모르는 것처럼 협곡을 지나쳤다. 그 끝에 이르니 탁 트인 노리아 평원이 펼쳐진다.

슬쩍 머리 위쪽 수목들을 바라본 현수는 다시 한 번 가소롭다는 표정을 지었다. 그 순간이다.

"가동! 발사! 발사! 발사! 모두 발사하라!"

촤아악! 쿠와앙—!

쐐에에에엑! 슈아아앙! 피이잉! 슈아아악—!

현수가 지나친 뒤쪽으로 커다란 통나무들이 떨어지며 바닥에 박혀든다. 퇴로를 차단하기 위함이다.

이제 협곡으로 되돌아 나가려면 날아가는 수밖에 없다..

같은 순간, 이십여 방위로부터 거대한 바위들이 쇄도한다.

공성병기인 발리스타가 동원된 듯하다.

"플라이!"

현수의 몸이 허공으로 솟아오른다.

"지금이닷! 모두 발사하라! 발사하라!"

핑! 피핑! 피피피피피핑! 쐐엑! 슈악! 고오오!

1,800여 발의 쇠뇌가 일제히 발사되었다.

날카롭게 벼려진 쇠뇌의 촉 가운데 상당수는 퍼런빛을 띠고 있다. 치명적인 독이라도 바른 듯하다.

그러거나 말거나 현수는 태연한 표정으로 팔짱을 낀 채 주변을 둘러보는 중이다.

그런 그의 몸을 두 겹의 완벽한 구체가 둘러싸고 있다.

바깥쪽은 전능의 팔찌가 만들어낸 앱솔루트 배리어이고, 안쪽은 켈레모라니의 비늘이 형성시킨 것이다.

투앙! 타앙! 퍼억! 쿠앙! 퍼퍽! 퍼퍼퍼퍽!

티팅! 티티티티티티팅! 티티티티팅! 티티티티티티팅!

이십여 개의 바위가 먼저 부딪쳤다. 하지만 바깥쪽 앱솔루트 배리어는 끄덕도 없다. 약간의 진동을 일으켰을 뿐이다.

곧이어 1,800여 발의 볼트가 쇄도했다. 끝을 날카롭게 갈았지만 하나도 배리어를 뚫지 못한다.

"공격하라! 공격하라! 공격하라!"

"와아아아아아아아아! 죽이자! 죽여 버리자!"

"죽여야 한다! 간악한 마법사를 죽여라!"

"와아아아아아아!"

현수를 중심으로 부챗살처럼 은신해 있던 해적들이 일제히 쇄도하며 함성을 지른다.

3만의 해적 중 가장 강한 1,800여 명의 두목급이다.

각기 날카롭게 벼려진 병장기를 들고 일제히 쇄도하는 모습은 가히 장관이라 할 수 있다.

다시 바닥으로 내려선 현수는 놈들이 다가서도록 기다렸다. 그런 그의 손에는 어느새 뽑아 든 바스타드 소드 한 자루가 쥐어져 있다.

대여섯 발자국만 다가가면 코앞에 닳을 정도가 되었을 때 바스타드 소드로부터 시퍼런 검강이 솟기 시작한다.

지잉—! 지이이이이잉—!

"이이잇!"

쒜에에에에엑!

서걱, 퍽! 서걱! 피핏! 서걱! 서걱!

"악! 컥! 크윽! 으악! 캐액! 끄윽! 으아악!"

선두에 있던 놈들이 일제히 쓰러지며 반경 21m의 공터를 만들어낸다.

한 바퀴 휘둘러진 검강이 해적들의 병장기는 물론이고 놈들의 허리까지 모두 베어낸 결과이다.

당연히 시뻘건 선혈이 솟구치며 비릿한 냄새를 풍긴다. 바닥은 금방 질퍽해졌다. 모두 핏물이다.

하지만 현수의 신발에는 단 한 방울도 묻어 있지 않다.

"……!"

기세 좋게 달려들던 해적들이 주춤거리며 경악한 표정을 짓는다. 단 한 번에 700여 명의 동료가 이승을 떠난 때문이다. 이때 현수의 입술이 달싹인다.

"라이트닝 퍼니쉬먼트!"

9서클 마법이 드디어 세상에 선을 보이는 순간이다.

번쩍, 번쩍! 번쩍, 번쩍! 번쩍, 번쩍―!

콰쾅! 콰콰콰콰콰콰콰쾅―!

"으악! 캐액! 커억! 끄윽! 캑! 컥! 큭! 악!"

눈이 멀 듯한 빛이 작렬하면서 수없이 많은 번개가 해적들에게 쏘아져 갔다.

그 순간 일제히 비명을 지르며 쓰러진다.

조금 전엔 비릿한 혈향이 전장을 지배했다면 이번엔 살 타는 냄새가 진동한다.

"자, 또 도전할 자 있는가?"

현수의 음성이 노리아 평원에 울려 퍼지자 멀찌감치 서서 병장기를 움켜쥐고 있던 해적들 모두 덜덜 떤다.

1,800명의 동료를 단 두 수만에 모두 죽였다.

이쯤 되면 인간이 아니다. 해적들은 도저히 감당할 수 없는 거력과의 조우에 벌벌 떨며 무릎을 꿇기 시작한다.

철커덩! 쿵! 챙그랑! 쿠쿵! 철컥! 쿠쿠쿵ㅡ!

"사, 살려만 주십시오."

"살려주십시오."

"용서해 주십시오. 잘못했습니다."

쿠쿠쿠쿠쿠쿠쿠쿠쿠쿠쿠쿵ㅡ!

"제, 제발 목숨만은 살려주십시오, 마법사님!"

28,000여 해적 모두 병장기를 내동댕이치곤 일제히 고개를 숙이며 목숨을 구걸한다.

잠시의 소란이 지난 후 현수가 입을 열었다.

"너희는 세상에 해악을 끼치던 해적들이다. 제국 모든 나라의 법령에 따라 너희에게 사형선고를 내리는 바이다."

"아앗! 마법사님! 제발, 제발 목숨만은 살려주십시오!"

"병든 노모와 아직 어린 자식들이 있습니다요."

"살려주시기만 하면 뭐든 시키는 대로 하겠습니다요."

"네, 살려주세요. 크흑! 제발 목숨만은 보전케 해주세요."

이구동성으로 목숨을 구걸하는 해적들을 바라보는 현수의 눈길에 싸늘한 기운이 감돈다.

이들 가운데에는 대대로 해적인 녀석들도 있다. 일부는 외부에서 잡혀온 여인의 몸을 빌려 태어난 놈도 있을 것이다.

원해서 해적이 된 건 아닌 놈들도 있다는 뜻이다.

쿠쿵! 쿠쿠쿠쿠쿠쿠쿵—!

모두 이마가 깨져도 좋다는 듯 머리를 박는다.

"제발, 제발 목숨만은 살려주십시오."

"마법사님, 제발 부탁드립니다. 살려주십시오."

"……!"

해적들은 이마에서 솟는 선혈에는 아랑곳하지 않고 호소한다. 하지만 현수는 아무런 대꾸도 하지 않고 바라만 보고 있다. 이때 누군가 외친다.

"마법사님, 저희를 노예로라도 거둬주십시오. 살려만 주시면 무엇이든 시키는 대로 하겠습니다."

"네, 노예가 되고 싶습니다. 부탁입니다."

"살려만 주십시오, 마법사님!"

해적들은 필사적으로 애원하며 눈물까지 흘렸다.

그렇게 잠시의 시간이 흘렀다.

"정녕, 너희 모두 노예가 되어도 좋은가?"

"물론입니다. 거둬만 주십시오."

모두의 대답이 노리아 평원에 울려 퍼진다. 한가닥 희망이 생겨서인지 상기된 표정으로 현수를 바라본다.

"좋다, 너희 스스로 원했으니 노예로 삼을 것이다. 오늘 이

후 너희의 삶은 내가 관장할 것이다. 이의 있나?'

"어, 없습니다. 시키는 일은 뭐든 할 것이옵니다."

"좋다. 모두 모이도록!"

"네!"

모두가 밀집대형으로 모이자 현수의 입술이 달싹인다.

"마나의 힘으로 너희를 나의 노예로 삼는다. 종속의 인!"

샤르르르르릉―!

마나가 뿜어져 나가 해적들의 뇌리로 스며든다. 그와 동시에 모든 해적의 이마에 흐릿한 물결 문양이 나타난다.

종속 마법이 제대로 각인되었음이 표출되는 현상이다.

'으음! 숫자가 많아서 그런지 엄청나군.'

켈레모라니의 비늘에 담겨 있던 마나 전부가 사용되었음이 느껴진 것이다.

잠시 후, 엄청난 마나 유동 현상이 일어난다.

텅 비어버린 비늘이 주변의 마나를 빠른 속도로 빨아들이며 정제하기 시작한 때문이다.

고오오오오오―!

회오리치듯 몰려든 마나가 비늘 속으로 빨려들자 몸이 부르르 떨린다. 체내의 마나까지 정제되는 현상 때문이다.

"으으음!"

기분 좋은 떨림을 느낀 현수는 지그시 눈을 감았다. 이때 노예가 된 해적 가운데 하나가 외친다.

"마스터시여! 명을 내리소서!"

"…먼저 죽은 자들의 시신을 한곳으로 모아라."

"네, 마스터!"

잠시 후, 해적 수뇌부들의 시신이 모아졌다. 작은 동산을 이룬다.

"파이어 스톰!"

화르륵! 화르르르르륵—!

화염 마법이 구현되자 시체더미가 삽시간에 불길에 휩싸인다. 웬만하면 매캐한 연기와 더불어 거북한 냄새가 풍길 것이다. 하지만 현수의 마법은 그런 것 없이 완전 연소된다.

"……!"

아까까지만 해도 동료이며 상관이던 자들의 시신이 한 줌 재로 변하는 모습을 지켜본 해적들은 부르르 떨었다.

숫자가 아무리 많아도 상대할 수 없는 거대한 힘 앞에 서 있음을 느끼고 새삼 전율한 것이다.

"이제 너희는 그간 저지른 악행에 대한 대가를 치러야 한다. 우선은 이 평원을 개간하여 농지를 조성할 것이다. 흩어져 농기구가 될 만한 것을 챙기도록 하라."

"네, 마스터!"

해적들이 흩어지는 모습을 지켜본 현수는 부두로 향했다.

"어서 오십시오, 로드!"

"흐음, 자네는 어느 마탑 소속이었는가?"

"소인은 자유마법사였사옵니다, 로드!"

공손히 고개를 조아리는 자는 50대 중반쯤 된 사내이다. 그간 고초가 많았는지 상당히 말라 있다.

현수가 자신보다 훨씬 어려 보이지만 감히 반말로 대하지 못한다. 겉보기만 그러하지 실제 최소 200살은 넘었다 생각하기 때문이다.

"자네 뒤에 있는 자들 전부 마법사인가?"

"그러하옵니다. 저를 제외하고 3서클 12명, 2서클 28명, 그리고 1서클 41명입니다."

"너무 오랜 기간 동안 마나가 동결되어 있었는지라 서클이 떨어진 모양이군."

"역시 로드십니다."

마법사는 저도 모르게 고개를 끄덕였다. 현수의 말처럼 해적들에게 제압당해 있는 내내 마나구속구가 채워져 있었다.

그 기간이 너무 길었기에 서클이 떨어진 것이다.

"자네의 이름은?"

"소인은 컬리라 합니다."

"좋아, 컬리! 자네가 가장 연장자인가?"

"그러하옵니다."

"흐음, 당분간 마법사들의 지휘를 자네에게 맡기겠다."

"충! 하명만 하시면 무엇이든 이루어내겠사옵니다."

컬리와 동시에 모든 마법사가 조아린다.

마법사들에게 있어 위저드 로드는 제국의 황제보다도 우선하는 존재이다. 그렇기에 섬을 떠나고 싶은 마음이 있어도 전혀 내비치지 않는 것이다.

이때 현수의 시선은 정연하게 도열해 있는 기사들의 선두에 선 로드젠에게 향한다.

"로드젠, 기사들에 대한 지휘는 자네에게 맡기겠네."

"명만 내리시옵소서, 마스터!"

로드젠을 비롯한 기사 출신 노예들의 고개 또한 조아려진다. 기사들의 꿈인 그랜드 마스터라는 지고한 화후에 오른 자의 명이다. 그렇기에 모두들 찍소리 않고 있는 것이다.

"일단 자리에 앉자."

"네, 로드!"

"네, 마스터!"

현수를 중심으로 마법사, 기사, 상인, 행정가들이 자리를 잡았다. 마법사 82명, 기사 54명, 상인 228명, 행정가 119명이다. 이들은 어떤 말을 듣게 될지 궁금하다는 표정이다.

CHAPTER 11
해적들의 보물지도

"나는 파이렛 군도 전부를 장악할 계획이다."

"……!"

"해적들은 제압될 것이고 모두 내 노예가 된다. 다시 말해 군도 전부를 내가 갖겠다. 또한…….."

이야기가 시작되자 모두의 시선이 집중된다.

현수는 59개에 이르는 크고 작은 섬 전부를 평정한 후 이실리프 왕국을 선포할 생각이다. 제국으로 선포되어도 될 것이나 그러기엔 면적이 작기 때문이다.

모든 섬은 농사와 어로를 주업으로 한다.

지하자원이 있다면 개발하여 공업 발전도 꾀할 것이다. 노략질에 쓰이던 배는 대륙 각국과의 교역에 사용된다.

농업, 어업, 공업, 상업으로 해적들을 교화하려는 것이다.

노예로 잡혀 있던 마법사와 기사, 그리고 상인과 행정가들은 각각의 섬을 개발하는 업무를 전담하게 될 것이다.

신분이 뒤바뀐 해적들은 노역과 작업에 투입되어 그간에 지은 죄에 대한 대가를 치르게 된다.

"하여 나는 너희를 중히 쓸 계획이다. 하지만 대륙으로 꼭 가겠다고 하면 모두 보내주겠다. 지금이라도 이야기하라."

"……!"

마법사와 기사, 상인과 행정가들은 심각한 표정이다.

조금 전까지만 해도 대륙으로 가겠다는 마음이 강했다. 그런데 현수의 말을 듣고 보니 혹하는 바가 있다.

마법사들은 이실리프 마탑주의 그늘에 있는 것이 백번 낫기에 아무도 떠날 생각을 하지 않는다.

반면 기사와 상인, 그리고 행정가들은 떠날 마음이 있었다. 그런데 이실리프 왕국엔 귀족이 없다고 한다.

누구든 능력이 있으면 중히 쓰고, 그에 대한 응분의 대가를 치러준다고 했다.

대륙으로 가봤자 기사는 귀족의 명을 받는 사냥개 역할밖에 못한다. 상인과 행정가들은 그들의 배를 불리는 데 사용되는 도구 역할이 전부이다.

"모두에게 시간을 줄 터이니 가서 충분히 생각해 봐라. 어떤 선택을 하든 존중해 줄 것이다."

"네, 로드!"

"네, 마스터!"

모두가 자리에서 일어나 뒤로 물러선다. 이때 현수의 입술이 열린다.

"컬리는 남도록!"

"네, 로드!"

자유마법사 컬리는 긴장되면서도 기대된다는 표정으로 공손히 시립한다.

"이 섬의 해적 3만은 모두 내게 종속의 인을 받았다."

"네? 어떻게 그 많은 수를……!"

눈이 확연하게 커진다. 종속의 인이라는 마법이 사용될 때 상당히 많은 마나가 소모된다는 것을 알기 때문이다.

그러거나 말거나 현수의 말은 이어진다.

"그들로 하여금 이 섬 전체를 개발하고 경작케 할 것이다. 너는 이에 대한 상세한 계획을 수립하도록 하라."

"네, 로드! 맡겨만 주십시오."

"그들의 거주지는 농지 인근이 되어야 할 것이니 주거 공간에 대한 설계도 필요하다. 아울러 반듯하고 평탄한 도로가 필요하니 충분히 감안하도록 하라.”

“네, 로드!”

컬리는 공손히 고개를 숙이면서도 눈빛을 빛낸다. 인구 15만 인 이 섬 전체에 대한 개발계획을 맡았기 때문이다.

아르센 대륙은 땅은 넓지만 인구는 적은 편이다.

인구 15만이라면 자작의 영지에 해당된다. 그에 대한 총괄 지휘권을 부여받았으니 엄청나게 출세한 기분이다.

“이 섬에 대한 모든 것을 확실하게 파악하는 것이 먼저이 다. 그러니 행정가와 기사들의 협조를 얻도록.”

“네, 로드!”

현수는 몇몇 사안에 대한 이야기를 해주었다.

그러는 동안 노트북을 꺼내 이실리프 자치령의 개발계획 도면을 보여주었다.

아까 봐두었던 곳엔 별장을 짓도록 했다. 로시아와 로잘린 등과 결혼한 후 피서지로 이용할 곳이다.

필리핀 세부에 있는 리조트 사진을 보여주었다.

참고하라는 뜻이다. 그런데 컬리는 놀라는 기색이 역력했 다. 너무도 아름다운 건축물이었던 것이다.

결국 각종 리조트 사진을 프린터로 인쇄해서 넘겼다. 그래 야 확실한 결과물이 나올 것 같아서이다.

잠시 후, 식사 준비가 되었다.

해적들의 노예일 때 먹던 음식이 아니다. 식량 창고에 있던 풍부한 식재료를 이용한 제대로 된 음식이다.

해가 뉘엿뉘엿 서산으로 넘어갈 때 현수는 부두목이 쓰던 방갈로[16]로 들어섰다. 문서들이 제법 있던 것을 기억하고 그것들을 살피려는 것이다.

"누구지?"

현수가 들어서자 공손히 무릎 꿇고 있던 여인이 자리에서 일어서며 고개를 숙인다.

"소녀는 라이사라 하옵니다, 마스터. 계시는 동안 시중들라는 명을 받았사옵니다."

"누가 네게 그런 명을 내렸지?"

"컬리 마법사님이옵니다."

"컬리? 알았다. 필요하면 부를 것이니 물러가 있으라."

"네, 마스터."

라이사는 얼마 전에 납치된 남작의 딸이다. 미색이 고와 부두목에게 험한 꼴을 당한 바 있다.

로니안 자작 일가가 잡혀오기 전까지 마음고생, 몸 고생이 심했다. 하지만 타고난 미색에 흠이 생긴 것은 아니다.

그렇기에 현수의 수발을 들도록 명을 받은 모양이다.

라이사가 물러간 이후 잡다한 서류들을 뒤적였다.

---

16) 방갈로(Bungalow) : 넓은 베란다가 딸린 단층 주택. 지붕의 물매가 완만하고 처마 끝이 많이 나온 주거용 건물로, 거실의 주위를 베란다로 둘러싼 것이 특징.

본도라 할 수 있는 애꾸눈 잭으로부터 온 각종 명령서가 대부분이다.

"응? 이건……."

영화에서나 보던 사람의 머리 가죽에 그려진 조잡한 지도를 펼친 현수는 잠시 시선을 집중했다. 해적들의 보물이 보관된 장소를 나타내는 지도의 일부인 듯싶다.

"흐음, 나머지가 있어야 어딘지 알 수 있겠군."

서류를 더 뒤적였으나 지도의 나머지는 보이지 않았다. 이 과정에서 상당히 많은 것을 파악할 수 있었다.

두목인 애꾸눈 잭의 휘하엔 21명의 부두목이 있다.

본도를 제외한 나머지 섬에는 이들을 감시하는 눈길이 있다. 다시 말해 심복들을 믿지 못해 감시자를 배치한 것이다.

이들 부두목들도 서열이 있다. 로니안 자작의 손에 죽은 자는 21명 중 12위에 해당된다.

부두목의 비밀 창고엔 나머지 인물들에 대한 평과 그들의 특기, 약점 등이 기록된 문서가 있다. 언젠가는 그들을 치려는 계획을 수립한 것이다.

"흐으음, 그렇군."

보물이 소장되어 있는 곳을 나타내는 지도는 모두 열여덟 조각으로 나뉘어 있다. 애꾸눈 잭, 외팔이 후크, 날다람쥐 케빈이 각각 여섯 장씩 가지고 있다.

잭이 가진 여섯 조각 중 다섯은 각 섬에서 상납된 금은보화와 미녀 등을 기준으로 상위 다섯 명에게 맡겨졌다.

가장 중요한 조각은 당연히 애꾸눈 잭이 보관한다.

로니안 자작에 의해 목숨을 잃은 부두목은 본래 이 지도의 소유자가 아니다. 그럼에도 소장하고 있는 이유는 훔쳐 온 때문이다. 하여 여섯 조각 중 세 조각을 보관하고 있다.

나머지 셋만 더 찾으면 보물지도의 3분지 1이 완성되는 것이다.

"욕심이 많았던 놈이군."

죽은 부두목을 떠올리고는 파이렛 군도에 대한 나머지 정보들을 섭렵했다.

다음 날 아침, 현수는 플라이 마법으로 이웃 섬을 방문했다. 이 섬은 1만여 해적이 활동하고 있었다. 이들 중 600명이 목숨을 잃자 스스로 무릎을 꿇었다.

풀려난 노예들로부터 어떤 놈들이 악질이었는가를 파악하고는 이들 전부를 벌레도에 데려다놓았다.

그곳 해역을 배회하던 빅죠가 모두 사라졌기에 엘라임을 불러 박스해파리들을 데려다놓게 했다.

인간에게 치명적인 해가 되는 바다 생물 가운데 하나이다.

바다의 말벌로 불릴 정도로 무서운 존재인데 40~50㎝ 길이에 60개가량의 촉수를 흐느적거리면서 떠다닌다.

이 촉수 하나에 약 5,000개의 침이 있다. 먹이를 포획할 때는 촉수가 3m까지 늘어난다.

한 마리당 사람 60명을 죽일 치명적인 독이 있다.

해적들은 섬 주변을 에워싼 박스해파리를 보곤 입을 딱 벌렸다. 한눈에 무엇인지 알아본 것이다.

해적들은 절망적인 시선으로 해파리들을 바라본다. 벗어날 수 없는 절해고도에 갇혔음을 인식한 것이다.

그러거나 말거나 섬으로 되돌아가 해적의 보물 창고부터 털었다. 그리곤 노예들을 풀어 그 섬을 관장토록 했다.

이 과정에서 두 개의 보물지도를 습득했다. 애꾸눈 잭이 가진 나머지 하나만 더 찾으면 3분의 1은 완성된다.

현수가 애꾸눈 잭이 관장하는 본도를 찾은 것은 20개의 섬을 모두 돈 후이다.

이 일을 하느라 무려 12일이나 걸렸다. 제압된 해적 모두에게 종속의 인을 시전하느라 시간이 많이 걸린 것이다.

뿐만 아니라 섬의 경치를 확인하고 어느 곳을 어떻게 개발할 것인지 일일이 지시를 내려야 했다. 지구에서도 그러하듯 이곳 역시 믿고 맡길 만한 사람이 드문 탓이다.

"어라? 네놈은 누구냐?"

애첩과 즐거운 한때를 보내고 느긋한 마음으로 나서던 애꾸눈 잭이 놀란 표정을 짓는다.

왕궁에 버금갈 정도로 호화찬란하게 지어진 해적성의 내부는 아무나 들어올 수 없기 때문이다.

"네놈이 잭인가?"

"뭐라? 누구냐고 물었다. 게 아무도 없느냐?"

애꾸눈 잭은 버르장머리 없는 흑발청년의 도발적인 어투에 분노하는 표정을 짓는다.

"게 아무도 없느냐고 했다! 누구든 와라!"

"소리쳐 봐야 아무 소용없을 거야."

"그게 무슨……? 넌 누구냐?"

"네 목을 칠 사람. 이실리프 마탑주이지."

"이, 이실리프 마탑주… 요?"

놀란 표정을 지으며 비틀거린다. 게다가 존재말까지 한다. 이름만으로도 떨리는 존재이기 때문이다.

"순순히 목을 내놓겠느냐, 아니면 최후의 재롱을 피우다 고통스럽게 죽겠느냐?"

"……?"

애꾸눈 잭은 너무도 태연한 현수를 보고 이 상황이 꿈이 아니라는 것을 깨달았다.

"내, 내 아이들은……?"

"악행이 심하다 하여 목숨을 빼앗았다."

"이이잇!"

애꾸눈 잭이 벽에 걸려 있는 양손검 클레이모어를 뽑아 든다. 순순히 죽어줄 마음이 없다는 뜻이다.

"하긴 지렁이도 밟으면 꿈틀하니……. 아공간 오픈!"

아공간을 열어 바스타드 소드 한 자루를 꺼냈다. 그러는 사이 애꾸눈 잭의 공격이 시작되었다.

"이놈! 죽어랏!"

쒜에엑―!

지잉―! 찌이잉―!

휘이익―! 서걱! 파악―!

"캐애액!"

챙그랑! 툭! 투투투툭―!

바스타드 소드에서 뿜어진 검강은 클레이모어를 너무도 쉽게 갈라냈다. 곧이어 애꾸눈 잭의 목까지 베었다.

너무도 빨랐기에 잭의 비명에 이어 잘린 클레이모어가 바닥을 나뒹굴고, 잘린 목 역시 바닥에 나동그라진다.

푸아악―!

잘려진 목으로부터 뒤늦게 선혈이 뿜어진다. 그러거나 말거나 현수는 무표정한 얼굴이다.

이곳까지 오는 동안 상당히 많은 놈을 베었다.

악의 온상이라 할 수 있는 곳이기에 하나도 살려둘 마음이 없었기 때문이다.

애꾸눈 잭의 아들 모두 목숨을 잃었다. 스스로 해적왕이라 칭한 잭의 측근은 남김없이 목을 베었다.

잭의 여자들도 마찬가지이다. 납치되어 잭의 노리개가 되었지만 그 이후의 행적은 여염집 여인이라 하기엔 너무도 악독했다. 그렇기에 하나도 남김없이 저승으로 보냈다.

현수는 잭의 서재를 뒤졌다.

예상대로 보물지도 한 조각이 보관되어 있다. 그러던 중 침상 다리 중 하나에 유난히 손때가 묻어 있음을 발견했다.

기관을 움직이는 손잡이로 사용된 듯하다. 기다릴 것 없이 잡아당겼다.

지잉—! 덜컥!

"하여간 해적들이란. 쯧쯧!"

나직이 혀를 찬 현수는 잭의 침대가 밀려난 바닥의 뚜껑을 열어젖혔다.

벌컥—!

예상대로 지하로 내려가는 계단이 드러난다.

"라이트!"

파앗—!

계단을 딛고 내려가니 어둠이 밀려나며 실내가 드러난다. 수백 개에 이르는 궤짝이 놓여 있다.

뚜껑을 열어보니 금괴가 가득하다.

다른 것엔 다이아몬드가 수북하고, 또 다른 것엔 사파이어, 에메랄드 등 종류별로 담겨 있다.

금화가 든 상자도 많고 은화가 든 것도 많았다.

각종 무구도 많다. 드워프가 만든 갑옷이며 방패, 병장기 등 많기도 하다. 마법사가 만든 회복 포션도 잔뜩 있다.

"여기에 임시로 보관하고 있는 게 이 정도면 지도에 표시된 장소엔 대체 얼마나 많이 있는 거지?"

현수는 모른다. 파이렛 군도의 역사가 얼마나 긴지!

어느 누구도 정확한 시기를 짚어줄 수는 없지만 이 섬들을 해적이 차지한 건 최소 500년 전의 일이다.

그 길고 긴 기간 동안 벌어들인 재화를 모두 모아놓았다. 얼마나 많겠는가!

현수가 지금 보고 있는 건 조족지혈에 불과했다.

"하리먼이라 했는가?"

"네, 로드!"

하리먼은 4서클 마법사이다. 이곳에 잡혀와 노예로 애꾸눈 잭과 그 휘하의 명을 받으며 살아왔다.

필요할 때마다 마나구속구를 풀곤 마법을 쓰도록 하여 서클 손상을 입지 않은 유일한 마법사이다.

현수가 잭의 부하들을 베어 넘기자 얼른 달려와 무릎을 꿇었다. 그리곤 이곳에 대해 소상하게 보고한 바 있다.

애꾸눈 잭과 그 휘하들이 어떠한 악행을 얼마나 오랜 기간 동안 해왔는지를 이야기한 것이다. 뿐만 아니라 감옥에 갇혀 있는 죄수들에 대한 것들도 보고받았다.

현수는 하리먼의 마나구속구를 풀어주고 감옥을 깼다.

풀려난 죄수들은 지긋지긋한 쇠고랑으로부터 해방되었다. 이들에겐 잠시 대기하라고 명했다.

그사이에 잭을 죽이고 다시 온 것이다.

"너를 임시 책임자로 정한다. 이 시간 이후로 해적들은 전부 나의 노예이다. 너는 이 섬을 개발하여 충분한 농지를 개발토록 하라."

"네, 로드!"

"오늘 이후 이 섬들은 파이렛 군도가 아니다. 이실리프 군도라 칭할 것이며, 내가 초대 왕이 될 것이다."

"알겠나이다, 로드!"

4서클 마법사 하리먼은 현수의 명을 받드는 것만으로도 감격스럽다는 듯 부르르 떤다.

그러거나 말거나 다음 섬으로 이동했다. 물의 정령 엘라임이 불러들인 돌고래를 타고 바다 위를 가르는 기분은 상당히 좋았다. 마치 수상스키를 타는 기분이다.

"주인님, 다음은 어느 섬으로 갈까요?"

"차례대로 하나하나 가야겠지?"

"알았어요."

아리아니의 지시를 받은 엘라임은 돌고래에게 명하여 가장 가까운 섬으로 이동토록 했다.

그러는 동안 바다에 관한 보고를 받았다. 물에서 생활하는 모든 어족 가운데 유일하게 엘라임이나 아리아니의 지시를 따르지 않는 놈이 하나 있다고 한다.

바다의 폭군 크라켄이다. 덩치가 큰데다가 오랜 세월을 살면서 노회하여 제멋대로라고 한다.

나머지는 엘라임의 명을 충실히 따랐다.

지난 12일간 파이렛 군도 인근 해역에서 벌어진 혈투의 결과 빅죠의 개체 수는 애초의 20분지 1로 줄었다.

라니야의 집단 공격이 만만치 않았던 결과이다. 대신 해수 라니야는 100분지 1 이하로 줄었다.

여전히 공동 사냥, 공동 방어를 취하지만 이제 다른 어족의 먹이가 될 숫자로 줄어든 것이다.

엘라임은 이들로 하여금 멀고 먼 바다로 이주하도록 명을 내렸다. 빅죠는 머메이드가 장악한 바다로 보내졌다.

마법을 쓰는 머메이드는 빅죠를 사냥하는 포식자의 위치에 있다. 때론 빅죠를 길들여 타고 다니기도 한다.

라니야는 다른 해역으로 보내졌는데, 포식자들이 우글거리는 곳이다.

그야말로 피가 튀는 레드 오션으로 보내진 것이다. 그곳에서 간신히 명맥을 유지하거나 멸종당하게 될 것이다.

날다람쥐 케빈과 외팔이 후크의 모든 섬을 접수하는 데 걸린 시간은 13일이다. 하루에 세 개씩 접수한 결과이다:

이 과정에서 현수는 켈레모라니의 비늘에 담긴 마나를 여러 번 소진시켰다. 그러면 즉시 마나 유동 현상이 벌어지곤 했다.

그 과정에서 진화하여 비늘에 담길 수 있는 총량이 대폭 늘어났다. 전에 비하면 1.5배 정도이다.

뿐만 아니라 체내 마나량도 늘어났다. 이것 역시 1.5배 정도 된다.

둘을 합치면 드래곤의 마나하트 양보다도 훨씬 많다.

순수하게 정제된 마나이기 때문이다.

어쨌거나 이 덕분에 마나 효율 또한 대폭 상향되었다.

예를 들어 헬 파이어를 시전할 경우 이전보다 구현 범위가 두 배 이상을 늘었다. 뿐만 아니라 더 고열이다.

좋아진 것은 이것뿐만이 아니다.

해적들의 보물창고를 탈탈 털어 엄청나게 많은 금은보화

를 챙겼다. 가히 제국을 건국하고도 남을 양이다.

강낭콩만 한 다이아몬드만 1톤 트럭의 적재함을 가득 채울 정도이다. 사파이어와 에메랄드, 루비는 이보다도 많다.

금화 1,200여 궤짝, 은화 3,800여 궤짝이다.

이 밖에 금괴와 마나석도 상당하다.

뿐만 아니라 50만 명에 달하는 노예가 생겼다. 이들은 섬을 개간하여 농사짓는 일을 맡게 될 것이다.

이들에 의해 재배될 작물은 가이아 여신의 성녀 스테이시 아르웬에 의해 개량되었거나 개량될 작물이다.

연중 3모작이 가능한 벼가 주요 작물이 될 것이다.

이 밖에 참다래, 망고, 바나나, 바닐라, 후추, 사탕수수 등도 재배될 것이다.

지구보다 비옥한 토양이고, 성녀와 현수의 축복을 받게 될 작물들이기에 생산성은 무척이나 좋을 것이다.

수확된 것들은 이실리프 왕국 국민을 배불리 먹이는 데 사용된다. 당연히 엄청나게 남는다.

그중 일부는 수출되고 대다수는 지구로 가져갈 생각이다.

카이엔 제국과 라이서 제국, 그리고 크로완 제국이 전쟁하는 이유는 부의 쏠림 현상 때문이다. 그렇기에 시장 질서를 완전히 교란하는 행위를 피하려는 목적이다.

"흐음! 이제 미판테 왕국의 수도로 텔레포트해야겠네."

대륙 좌표일람을 꺼낸 현수는 꼼꼼하게 확인했다. 전과 같은 실수를 반복하지 않기 위함이다.

"그나저나 여기 온 지 며칠이나 지났지? 꽤 된 것 같은데. 설마 한 달이 넘은 건 아니겠지."

손꼽아 날짜를 확인해 보니 오늘로 딱 29일이 지났다.

현수는 하마터면 큰일 날 뻔했음에 고개를 저었다.

"휴우! 다행이다. 당장 지구로 귀환해야겠군."

한 달이 넘으면 지구에서의 시간도 한 달이 넘게 된다. 그렇게 되면 상당히 많은 차질이 빚어질 것이다.

하여 서둘러 의복을 갈아입었다.

"마나여, 나를 지구로 데려다 줘. 트랜스퍼 디멘션!"

샤르르르르르릉—!

현수의 신형이 안개처럼 흩어졌다.

*　　　*　　　*

"크흐음! 죽겠군. 공기는 아르센 쪽이 훨씬 좋아."

거의 한 달 동안 맑고 청량한 공기로 호흡했다.

그런데 지금은 서울이고, 3월이다. 매연과 황사로 가시거리가 짧은 계절이다. 여기 박무현상까지 빚어져 죽을 맛이다.

산소 호흡기를 떼고 담배 연기 자욱한 흡연실에 들어선 듯

폐가 답답했다.

그러나 어쩌겠는가!

여기가 본디 살던 세상이다. 그리고 지금은 오늘이 며칠인지 확인하는 일이 급선무이다.

하여 아공간을 열어 노트북부터 꺼냈다. 인터넷에 접속하여 날짜부터 확인해 보니 2014년 3월 7일 금요일이다.

다행이다!

"참, 핸드폰!"

부우우웅—! 부우우웅—!

켜자마자 기다렸다는 듯 진동한다.

"여보세요."

"아, 김현수 사장님! 안녕하시죠? 오리지날 팀 양영만 감독입니다. 연락이 안 돼서 애 많이 먹었습니다."

"아, 네. 죄송합니다. 제가 일이 많아서 잠시 핸드폰을 꺼놓고 있었습니다. 미안합니다."

아르센 대륙에서 해적들 잡느라 시간 보냈다 할 수 없기에 둘러댔다.

"아이고, 아닙니다. 바쁘시겠지요."

한국의 재벌사 천지그룹을 먹여 살리는 사람이다.

뿐만 아니라 본인은 시중은행 은행장이며, 여러 사업을 운영하고 있다.

당연히 엄청나게 바쁠 것이라 생각했는지 흔쾌한 어투다.

"그런데 무슨 일이시죠?"

"내일 오후 다섯 시에 도쿄에서 시합 있는 거 아시죠?"

공사다망하여 혹시 잊었을까 싶은 모양이다.

"물론 압니다. 세 시부터 식전 행사가 시작되잖아요."

"아! 잊지 않으셨군요. 그 시합 때문에 오늘 저녁때 출국하는데 시간이 어떠십니까?"

"……!"

잠시 대답하지 않자 양 감독이 재차 말을 잇는다.

"오늘 오후에 출국하여 발 한번 맞춰보려고 합니다."

"그래요? 그런데 전 오늘은 힘들 듯합니다."

"아! 그렇습니까? 그럼 내일 오후 두 시까지 도쿄국립경기장으로 와주십시오."

"알겠습니다. 그리로 직접 가죠. 죄송합니다."

"아이고, 아닙니다. 그럼 내일 뵙겠습니다."

솔직히 내일 있을 대결을 깜박하고 있었다.

현수 입장에선 그리 중요한 일도 아니거니와 아르센에 오래 있다 보니 잊고 있었던 것이다.

서둘러 인근 카페로 들어갔다. 그리곤 카페라떼 한 잔을 청해놓고 노트북으로 검색을 시작했다.

기왕에 하는 걸음이다. 축구도 축구지만 헛소리나 지껄이는 놈들은 제거해야 한다.

현수는 독도 관련 망언자들을 검색했다.

누가 언제 했는지 확인하는 건 어려운 일이 아니다. 하지만 내일 어디에 있을지는 인터넷으로 검색이 되지 않는다.

"흐음, 어딜 가서 누굴 데려온다? 가만, 그보다 내각조사처와 공안조사청을 방문하는 게 더 낫지 않을까? 그러고 보니 이것과 관련된 자료가 어디 있었는데… 어디에 있지?"

국안부 3국 자료를 분류하던 중 내각조사처와 공안조사청의 주소를 본 바 있다. 하여 이 자료들을 검색했다.

그리 어려운 일은 아니다. 워낙 뛰어난 두뇌를 갖게 되었기 때문이다.

"흐음, 도쿄 교육위원회 뒤에 내각조사처 지부가 있어? 하여간 이놈들 대가리 굴리는 것 하나는. 얍삽한 놈들!"

보안을 위해 내각조사처는 여러 곳에 분산되어 있다.

이 중 현수의 눈에 뜨인 것은 경기가 펼쳐질 도쿄국립경기장에서 멀지 않은 곳에 위치한 교육위원회 부근이다.

외부에 알려지기론 교육연구센터라고 되어 있는 건물이다. 얼핏 들으면 교육위원회 부속 건물인 듯하다.

세인들의 이목을 흐리기 위한 위장일 것이다. 아무튼 이 건물은 지하 2층, 지상 6층이다.

"흐음, 구글로 어떻게 생긴 건지 볼까?"

검색해 보니 평범한 건물로 위장되어 있다. 그러나 세심한 눈길로 살펴보면 결코 평범하지 않다. 인근 야산에 뜬금없이 자리하고 있는 기지국 때문이다.

아무튼 국안부 3국 자료엔 이 건물의 보안 상태가 상세히 기록되어 있다.

차량 접근로는 인근에 있는 자동차공업소로부터 시작된 터널뿐이다. 도보로는 접근 불가능하도록 철망이 쳐져 있다.

고압전류가 흐르기에 건드리면 감전사할 수도 있다.

"그건 범인들이나 막을 수 있는 거고. 어디 보자."

현수는 계속해서 내각조사처 도쿄 3지부의 요모조모를 살폈다. 침투 경로를 모색한 것이다.

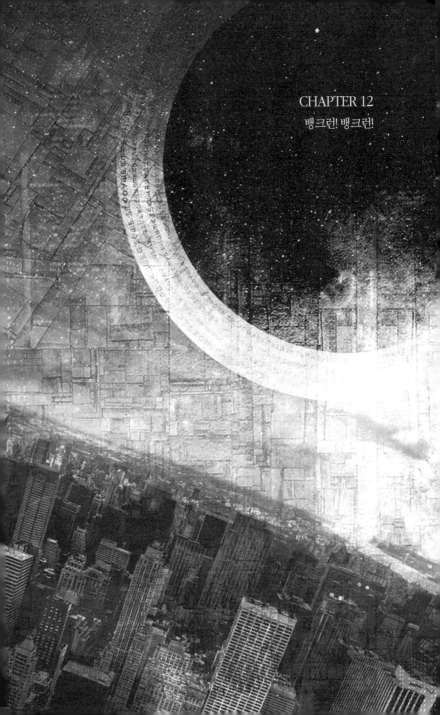

CHAPTER 12
뱅크런! 뱅크런!

　"저 김현숩니다. 네, 네! 오늘은 석 대 정도 가능할 것 같습니다. 네, 지금 가는 중입니다."

　전화를 끊고는 곧장 성남비행장으로 향했다. F—15K 개조 작업을 위한 출동이다.

　도로를 달리는 동안 라디오를 켰다.

　"지난 2월에 금고를 털린 미쓰비시도쿄 UFJ가 이 시각 현재 뱅크런 현상으로 몸살을 앓고 있다고 합니다. 이 소식 도쿄특파원을 불러 들어보겠습니다. 이행정 특파원!"

　"네, 이행정입니다."

"도난 사건 때문에 도쿄 한복판에서 뱅크런 현상이 빚어지고 있다 들었습니다. 자세히 보도하여 주시죠."

"네, 방금 말씀 들으신 대로 미쓰비시도쿄 UFJ의 지하 금고가 완전히 털렸습니다. 3조 3,000억 엔과 2억 8,000만 달러, 그리고 8억 5,000만 유로와 6억 2,000만 위안이 사라졌습니다. 뿐만 아니라 우리 돈 386억 7,000만 원과 136.852톤에 달하는 골드바도 모두 사라졌습니다."

보도하는 특파원의 음성은 다소 격앙되어 있다. 마치 신나는 일을 보도하는 듯한 뉘앙스가 느껴져 피식 웃었다.

"다 합치면 우리 돈으로 얼마나 되는 금액입니까?"

"43조 2800여 억 원 정도 됩니다."

"휘유~! 상당히 많은 금액이군요. 그런데 듣자 하니 완전히 털린 금고에 사건의 열쇠가 있다면서요?"

기다렸다는 듯 특파원의 음성이 들린다.

"그렇습니다. 범인들은 하수도 인근에서 터널을 뚫고 내려가 금고 내부를 완전히 비웠습니다. 그리곤 생활하수가 유입되도록 했습니다. 이로 인하여 미쓰비시 은행은 현재 지하 2층까지 하수로 꽉 차 있는 상황입니다."

"냄새가 심하겠습니다."

"네, 수백 대의 양수기를 동원하여 물을 퍼내고 있으나 지반이 약화되면서 인근 하수관이 연속해서 깨지고 있기에 퍼내는 데 애로 사항이 있다 합니다."

"사건의 열쇠에 대해 말씀해 주시죠."

"네! 이번 도난 사건의 배후로 지나가 지목된 것은 남겨진 종이 한 장 때문입니다."

"겨우 한 장인데 어떻게 지나가 그랬다고 여기는 거죠?"

데스크의 앵커가 묻자 기다렸다는 듯 특파원이 대꾸한다.

"남겨진 종이는 지나제이며, 지나제 프린터로 지나어가 인쇄된 것입니다."

"그것만으로 범인을 단정하기엔 조금 부족하지 않습니까? 그런 거 구하는 게 어렵지 않으니까요."

돈만 내면 누구나 구할 수 있는 것이다. 그리고 지나어로 쓰는 건 구글 번역기만 돌리면 누구나 가능하다.

"내용 때문입니다. 남겨진 종이엔 不要貪圖釣魚島라는 글귀가 간자체로 인쇄되어 있었습니다."

"조어도가 뭔지는 알겠습니다만 이를 번역하면 어떤 뜻이 되지요?"

데스크의 앵커는 본인은 다 알지만 청취자들을 위해 친절을 베푼다는 표정일 것이다.

"그 말은 '조어도를 탐내지 말라' 는 뜻입니다. 일본은 현재 한국과 지나, 그리고 러시아와 영토 분쟁을 야기하고 있습니다. 이런 상황에서 조어도를 언급할 나라는 지나밖에 없기에 지나의 누군가가 벌인 범죄라 여기고 있습니다."

"그렇다면 지나와 일본 양국 간의 긴장 상태에도 변화가 있겠군요."

"아직은 아닙니다. 일본 정부는 신중을 기하고 있습니다. 심증은 가지만 결정적인 물증이 없는 상태이기 때문입니다."

데스크의 앵커는 그게 무슨 뜻이냐는 어투로 묻는다.

"지나제 종이에 지나제 프린터로 조어도를 탐내지 말라는 내용이 인쇄된 것이 있는데도 그렇다는 겁니까?"

"그렇습니다. 그것만으론 지나를 몰아붙일 필요 충분한 조건이 되지 못 한다 판단하는 듯합니다. 또한 지나의 흔적이 너무도 강해 이를 의심할 여지도 있다고 생각하는 것 같습니다. 게다가 실종된 내각 대신들의 행방이 알려지지 않은 것도 한 가지 이유입니다."

"그 내용은 잠시 후에 듣기로 하죠. 일본 정부는 그렇다 치고, 뱅크런 때문에 미쓰비시 계열사들이 도산할 위험성이 있다고 하는데 사실입니까?"

"그렇습니다. 미쓰비시 그룹의 초기 대응이 너무 오만하여 자초된 일입니다. 뱅크런 현상에 이어 미쓰비시 중공업 등 계열사 주식의 가치가 크게 하락하는 중입니다. 미쓰비시 도쿄 UFJ 지분이 상당히 많았기 때문입니다."

"그렇군요."

테스크의 앵커는 속내를 말하고 싶은 걸 꾹 참는다.

미쓰비시 중공업은 일본 군수산업의 중추이다.

일본 내 최대의 중공업 기업으로 1870년도에 설립되었다.

현재는 일본 내 앱실론 우주발사체 및 방산 분야에서 다양한 활동을 하고 있다. 전투함 대잠체계 및 통합전투체계, 그리고 지상 레이더 등을 제조한다.

최근엔 일본방위성 기술 연구본부와 공동으로 F—22 랩터를 상대할 스텔스 제공기 F—3 심신이라는 자국형 전투기 시제기를 제작 중에 있다.

"다음은 실종된 내각 대신들에 관한 겁니다. 아직도 찾지 못했다고 합니까?"

"그렇습니다. 총리공관에서 있었던 회합 휴식 시간에 감쪽같이 사라졌는데 행방이 묘연하다고 합니다."

"아소 다로 부총리 등 15명의 후임은 내정되었습니까?"

"아닙니다. 아베 총리는 이들의 실종이 확인될 때까지 후임을 정하지 않고 비상내각체제를 유지한다고 합니다."

"그렇군요. 그렇다면 지나와의 갈등에 쉬운 선택을 할 수 없는 것이 이해됩니다. 다음은 재특회원 실종 소식입니다. 그들도 내각대신들이 실종되던 날 사라졌다고 들었습니다. 돌아온 사람이 있습니까?"

데스크 앵커의 물음에 특파원은 즉답한다.

"아닙니다. 그들 역시 단 한 명도 귀가하지 않고 있다 합니다. 일각에선 내각 대신들과 행동을 같이하고 있는 건 아닌지 의혹을 제기하고 있습니다."

"알겠습니다. 소식 감사합니다. 새로운 소식이 있으면 다시 연결해 주십시오."

"네, 이상 이행정 특파원이었습니다."

데스크 앵커는 다음 소식을 이어갔다.

"육, 해, 공군과 국방부가 연명으로 청원한 여성가족부 폐지 여부를 묻는 국민투표가 다음달 10일 목요일에 실시될 것으로 확정되었습니다."

남성 앵커에 이어 여성 앵커가 말을 받는다.

"네, 이날은 임시 공휴일로 지정되었습니다. 투표권이 있는 국민들의 빠짐없는 참여를 바랍니다. 다음은 지나 불법 조업 어선 구조작업에 관한 내용입니다."

"지나 정부는 오늘 구조작업을 끝맺겠다고 통보해 왔습니다. 사고가 있던 지난 2월 24일 이후 지나 정부는 우리 정부와 합동 구조작업을 한 바 있습니다."

여성 앵커가 얼른 말을 받아 보도한다.

"최종적으로 격렬비열도 인근에선 지나 어선 224척이 침몰하였고, 2,825명 전원이 사망, 또는 실종되었습니다."

"NLL 인근 해역에서는 318척이 침몰되었고, 3,972명 사망,

또는 실종되었습니다. 생존자는 겨우 세 명인 것으로 밝혀졌다죠?"

"네, 상당히 많은 인원이 목숨을 잃은 사고였습니다."

두 앵커는 보도의 딱딱함을 줄이려 대화 투로 말을 주고받는다.

"참, 사고가 있었음에도 전남 신안군 가거도 해역과 제주 서귀포시 마라도 남서쪽 우리 해역에 수많은 불법 조업 어선들이 출몰하고 있다고 합니다."

"네, 이 때문에 제주 해경과 목포 해경이 출동했지만 단속에 어려움을 겪고 있다고 합니다. 이 소식을 알아보겠습니다. 목포 해경의 단속선을 타고 나간 이문환 기자 연결합니다."

"이 기자 나오세요."

"네, 저는 목포 해경 단속선에 승선해 있는 이문환 기자입니다."

"우리 해경이 불법 조업 어선 단속에 나섰는데 성과가 있나요?"

"불법 조업 지나 어선들은 해경의 단속에 격렬히 대응하고 있습니다. 선원 전원이 날카롭게 벼려진 쇠꼬챙이를 들고 반항하여 단속이 쉽지 않습니다."

"최근 있었던 침몰사건 때문에 양쪽 모두 신경이 날카로운데 혹시 우리 해경이 피해를 입진 않았나요?"

"아직 그러진 않았습니다만 적극적인 단속을 할 경우 일정 부분 각오하지 않으면 안 될 분위기입니다."

"그렇군요. 그쪽 해역의 현재 날씨는 어떻습니까?"

"지금은 괜찮은데 오후부터는 바람이 많이 불 거라는 예보가 있습니다."

"그럼 단속선은 회항하는 겁니까?"

"현재로썬 그럴 가능성이 매우 높습니다."

"그렇군요. 알았습니다. 수고 많았습니다."

현수는 라디오를 껐다. 일벌백계의 의도로 불법 조업 어선들을 침몰시켰다. 그럼에도 또 우리 해역을 침범하여 조업하고 있으며, 단속하는 해경이 목숨을 걸어야 할지도 모른다는 말에 분노가 인다.

그러고 보니 언젠가 읽었던 기사가 있다.

지나의 불법 조업이 서해에서만 이뤄지는 것이 아니라 동해까지 미치고 있다는 내용이다.

그때의 내용은 다음과 같다.

2004년에 체결된 조업협약에 따라 동해안 북한 수역에서 조업하는 지나 어선은 2013년 현재 1,326척이다.

이들을 기상 악화 등을 핑계로 울릉도 인근 해역에서 불법 조업을 하여 오징어를 싹쓸이했다.

---

17) 치어(稚魚) : 알에서 깬 지 얼마 안 되는 어린 물고기.

또 회귀성인 동해안 주요 어종의 치어17)까지 마구 잡아 어족 자원을 고갈시키고 있다.

통계 자료에 따르면 지나 어선 1척당 연간 1억 원 이상의 피해를 주는 것으로 파악되고 있다.

그럼에도 별다른 단속 성과를 내지 못하고 있다.

단속하러 가면 북한 수역으로 도주해 버리기 때문이다.

서해의 경우, 고기가 가장 많이 나오는 시기는 10월과 12월, 그다음 1월과 4월이다.

지나의 어선 수는 약 100만 척 이상인 것으로 추정되고 있다. 이중 우리나라로 들어올 수 있는 동력을 가진 배만 약 40만 척이다. 허가받은 배 1,600척을 제외한 나머지 39만 8,400척은 불법 조업을 하는 것이다.

한·지나 양국의 중간 수역엔 보통 3,000~4,000척의 지나 어선들이 상시 대기하고 있다.

이들은 단속이 어려운 야간 등에 우리 수역으로 넘어와 불법 조업을 일삼는다. 해경의 단속을 대비하여 흉기에 가까운 살상 무기를 갖추고 있음은 이미 밝혀진 사실이다.

"이것들을 한 번 더 쓸어야겠군."

이번 해적 정벌 때 현수가 끊은 목숨만 수만이다. 온갖 악행을 자행하는 자들이기에 추호의 용서 없이 베었다.

조금 애매한 자들은 벌레도에 데려다놓았다. 그 수만

2,000여 명이다.

그렇기에 수백 척의 불법 조업 어선을 더 침몰시키는 것에 대해 조금의 가책도 느끼지 않는다.

애초부터 인간이라 여기기 않는 족속이기 때문이다.

"그래, 조만간 한 번 더 쓸어주지."

이때 휴대폰이 몸살을 앓아 블루투스 버튼을 눌렀다.

부우우웅! 부우우웅─!

"이 전무님이? 여보세요."

"아, 사장님. 저 이준섭입니다."

"네, 말씀하십시오."

"사장님, 이실리프 빌딩 자산관리실 직원이 테러를 당해 입원했습니다."

"뭐라고요? 누가 그런 짓을 했답니까?"

"자산관리실 최 차장의 말에 의하면 이실리프 빌딩 지하에 있는 락희에서 본 사람이라고 합니다."

"락희요?"

"세정파라는 조폭과 관련 있는 룸살롱이라 합니다."

"…최 차장님이 다친 겁니까?"

현수의 표정은 싸늘하게 굳어 있다.

"네, 다행히 수술은 잘되었다고 하는데 아직 중환자실에 있습니다."

"어느 병원이죠?"

"풍납동 서울아산병원입니다."

"알겠습니다. 경찰에 신고는 된 겁니까?"

"네!"

"알겠습니다. 병원에 가보죠."

곧장 성남비행장으로 전화를 걸어 조금 늦게 당도할 것이라 말하곤 차를 돌렸다.

"유진기, 이제 갈 때가 된 모양이군. 오냐, 아주 뿌리를 뽑아주지. 감히 내 사람을 건드려? 으드드득!"

지그시 어금니를 갈고는 풍납동으로 향했다.

"여깁니다, 회장님!"

중환자실 입구에 당도하자 이준섭 전무가 벌떡 일어선다.

"최 차장은 좀 어떻다고 합니까?"

"아직 의식이 없다고 합니다."

"어딜 어떻게 다친 거죠?"

"병을 깨서 허리와 목을 찔렀다고 합니다."

생각만으로도 끔찍하다는 표정이다.

"……! 경찰은 뭐라고 합니까?"

"사건 현장의 CCTV를 확인 후 범인을 검거하겠다고 합니다. 수술실에 들어가기 전 최 차장이 락회에서 본 사람이라고 했는데 구체적인 용모파기는 듣지 못했습니다."

"알겠습니다. 환자 면회 됩니까?"

"직계 가족만 된다고 합니다."

"…그렇겠군요."

현수가 고개를 끄덕이자 이 부장이 말을 잇는다.

"최 차장이 락희와의 임대 기간이 만료되어 비우라고 고지하러 갔다가 다친 겁니다."

"……!"

현수는 어찌 된 영문인지 짐작하기에 대꾸하지 않았다.

"최 차장 가족에겐 연락했습니까?"

"네, 부인이 와서 현재 안에 들어가 있습니다."

"그렇군요. 알겠습니다."

현수는 고개를 끄덕였다. 잠시 후, 화장실로 간 현수는 투명 은신 마법으로 신형을 감춘 후 중환자실로 들어갔다.

그전에 워싱과 클린 마법으로 세균들을 떨궈냈다. 자칫 중환자실 환자들을 감염시킬 우려가 있기 때문이다.

담당 간호사는 아무도 없는데 문이 열렸다 닫히자 의아하다는 표정으로 주위를 둘러본다.

몇 발짝 안으로 들어가니 흐느끼는 소리가 들린다.

"흑흑! 여보, 이렇게 가면 나 못 살아요. 여보, 정신 차려요. 흑흑! 앞으론 당신 말 잘 들을 테니 눈 좀 떠봐요. 흐흐흑! 여보! 여보! 흐흐흑!"

최 차장의 부인은 눈물로 범벅되어 있다.

남편의 사고 소식을 듣고 놀라 튀어나온 모양이다. 한쪽 발엔 운동화를, 다른 발엔 슬리퍼를 신고 있다.

"슬립!"

"……!"

현수의 나직한 음성에 최 차장의 아내는 스르르 엎어진다. 얼른 몸을 받아 안전하게 앉혔다.

"마나 디텍션!"

샤르르르르ㅡ!

최 차장의 맥문을 통해 마나가 스며든다. 곧이어 체내의 상황 보고가 시작되었다.

허리의 신경 가닥이 끊겼다는 보고이다. 한쪽, 또는 양쪽 다리를 쓰지 못함을 의미한다. 목 부위에는 수술 이후 새롭게 발생한 미세 출혈이 지속되고 있음을 알려왔다.

간도 좋지 못하고, 신장 기능도 떨어진 상태이다.

과도한 업무 때문인지 소화기관도 약해져 있다.

이 밖의 수술 및 처리는 아주 잘되어 있다.

"흐음, 일단 회복 포션부터! 아공간 오픈!"

현수는 조심스런 손길로 포션을 복용시켰다.

"컴플리트 힐!"

샤르르르르르릉―!

서늘한 푸른빛 마나가 최 차장의 환부로 스며들자 상처가 급속도로 아물기 시작한다.

잠시 시차를 두었다가 다시 한 번 마법을 구현시켰다.

"리커버리!"

샤르르르르르릉―!

이번엔 부드러운 황금빛 마나가 스며든다. 약해진 신체 기관들을 하나하나 방문하며 원래대로 회복시킨다.

알코올성 간염이 의심되던 간은 선홍색으로 바뀌면서 싱싱함을 되찾았다. 피로에 지쳐 있던 신장은 청소년기의 그것처럼 왕성하게 바뀌었다.

약해진 소화기관 역시 본연의 자리를 잡아 갔다.

이를 흐뭇한 표정으로 바라보고 있을 때 바로 옆에서 누군가 흐느끼는 소리가 들린다.

"흐흑, 아빠, 그냥 가시면 안 돼요. 저 아직 아빠한테 사랑한다는 말도 한번 못했어요. 앞으로 잘할게요. 아빠! 아빠! 흐흐흑! 아빠, 정신 차리세요."

슬쩍 커튼을 젖히고 보니 여고생으로 보이는 소녀가 흐느끼고 있다. 그녀의 앞에는 앙상하게 말라 있는 미라 같은 중년인이 누워 있다.

한눈에 보기에도 이제 얼마 남지 않은 중증 환자이다.

"…슬립!"

또 한 번 마법이 구현되었다. 여고생은 흐느끼던 자세 그대로 잠들어 버린다.

"마니 디텍션!"

환자의 맥문을 잡으니 췌장암 말기라는 보고가 들어온다. 간과 위는 물론이고 갑상선까지 전이되어 있다.

백약이 무효인 상황이다.

게다가 급성 폐렴까지 겹쳐 있다.

"아공간 오픈!"

또 하나의 회복 포션이 세상 밖으로 나왔다. 한 병 전부 환자의 식도를 통해 체내로 들어간다.

"리커버리!"

샤르르르르릉─!

서늘한 황금빛 마나가 중년인의 체내로 스며든다. 그리곤 본연의 임무를 착실하게 수행하기 시작했다.

그런데 이전과는 사뭇 다르다.

현재를 인텔 i5 쿼드코어라 하면 이전엔 32비트 386SX에 불과했다. 치료 속도가 엄청나게 빨라진 것이다.

이는 해적들에게 종속의 인을 무지막지하게 시전한 것으로 말미암은 것이다.

켈레모라니의 비늘이 급격하게 비워지고 채워지는 과정이

반복되면서 용량과 정제도가 크게 상승한 결과인 것이다.

아주 유익한 결과이다.

현수는 내친김에 중환자실에 있는 환자 전부를 치료해 주었다. 이전처럼 시간이 많이 걸리는 일이 아니기에 기꺼운 마음으로 마법을 난사했다.

말기암 환자도 여럿 있었지만 모두 완치되었다.

잠시 후, 풍납동 서울아산병원에선 난리가 벌어졌다. 중환자실에 있던 환자 전원이 기적적인 결과를 보인 때문이다.

일대 소란이 벌어지는 동안 현수는 차를 몰아 성남비행장으로 향했다. 해줄 것은 해줘야 하기 때문이다.

"필승! 어서 오십시오."

박철 준위가 여느 때처럼 경례를 붙인다. 그러지 말라고 해도 말을 듣지 않는다. 공군의 은인이라며 막무가내이다.

그렇기에 정중히 고개 숙여 예를 갖췄다.

"네, 또 뵙네요. 제가 조금 늦었습니다. 회사에 급한 일이 있어서요. 준비되어 있죠?"

"물론입니다. 전과 동일합니다."

"네, 그럼."

현수는 박 준위가 가리킨 격납고로 들어갔다. 그리곤 최고속도로 F-15K 석 대를 스텔스기로 탈바꿈시켰다.

공군은 이제 17대의 스텔스기를 보유하게 된 것이다.

모든 작업을 마치곤 시각을 확인했다. 얼마만큼 여유가 있는지 확인한 것이다.

"흐음, 다섯 시간이면 충분하겠지? 먼저 좌표 확인부터."

제주도 서귀포시 마라도 남서쪽 해역의 좌표를 확인했다. 다음은 기상청 예보 확인이다.

아까 라디오에서 들은 대로 지금쯤이면 강풍이 불고 있을 시각이다.

전남 신안군 가거도 해역 역시 비슷할 것이다.

"좋아, 하루에 두 탕 뛰지. 텔레포트!"

샤르르르룽—!

격납고 안의 현수의 몸이 스르르 흩어진다. 다음 순간 거센 강풍이 부는 망망대해 위에 나타난다.

"으윽, 플라이! 바람이 좀 세군."

바다를 보니 풍랑이 일고 있다.

"와이드 센스!"

마법을 구현시켜 인근을 확인해 보았으나 아무것도 없다.

현수는 몸을 날려 남서쪽으로 더 가보았다. 그러던 중 회항하는 해경 단속선이 보인다.

"흐음, 잘되었군. 그럼 조금 더 가볼까?"

몸을 날려 한참을 더 가보았다. 한 무리가 보인다.

강풍에 대비해 배들끼리 묶여 있다. 여섯 척에서 여덟 척씩 묶인 것이 100개 정도 보인다.

600~800척이나 떠 있는 것이다.

바람이 세서 그런지 선상에 나와 있는 놈은 없었다.

"아리아니, 냄새나는 놈들 아공간에 넣을 건데 괜찮겠어?"

"크으! 또요? 그 냄새 정말 싫은데. 하지만 어쩌겠어요. 주인님이 원하시는 일인데요."

"고마… 압지 않네. 그래도 되는 거지?"

"그럼요. 주인님은 절 사랑하시니까요."

아리아니가 생긋 웃어준다. 언제 보아도 귀엽고 어여쁘다. 그러다 문득 생각난 게 있다는 듯 입을 연다.

"저어, 주인님!"

"왜?"

"바람의 상급 정령을 불러도 되는지요?"

"실라디온을? 여기는 아르센이 아니야. 지구엔 마나가 희박해 하급 정령밖에 없다고 했잖아."

현수가 의아한 표정을 짓는 이유는 마나가 희박한 이곳에 상급 정령이 있겠느냐는 의미이다.

"알아요. 근데 실라디온의 기운이 느껴져요. 이 바람, 이 바람이 바로 실라디온의 기세거든요."

"지구에도 바람의 상급 정령이 있다고?"

"아무래도 그런 거 같아요. 이건 분명 실라디온의 기운이 거든요.."

"…그럼 혹시 꽃의 요정 나리폰도 사실인 거야?"

"나리폰이요? 그건 잘 모르겠어요."

태국 프랑무니 사원의 한 승려는 산딸기를 따다가 산속에서 길을 잃었다. 그러다 강한 향기에 이끌려 어떤 과일나무 근처로 갔는데 특이한 꽃송이를 발견했다.

그 꽃 안에는 사람처럼 생긴 작은 미라가 있었다.

승려는 전설로 전해져 오는 꽃의 요정 나리폰이라 여기고 이를 법당에 모셨다.

얼마 후, 소문이 번지자 미국의 학자들이 방문하여 나리폰의 사체를 가져가 X—ray 등으로 조사하였다.

그 결과 두개골의 구조만 다를 뿐 인간과 똑같은 뼈의 구조로 되어 있고, 꽃의 유전자와 인간의 유전자가 골고루 섞여 있다고 했다.

현재 나리폰(Naree Pon)의 사체는 태국을 방문하는 관광객에게 전시되고 있다고 한다.

"아무튼 이 바람은 분명 실라디온의 기운이에요. 한번 불러볼게요."

"알았어. 불러봐."

"실라디온! 실라디온! 실라디온!"

아리아니의 음성은 현수의 귀에는 들리지 않는다. 가청 범위를 넘어선 초음파를 낸 때문이다.

"누구야? 누가 날 불러? 누구지? 누구야?"

다소 횡설수설하는 듯한 음성이 들린다. 뭔가 잘 정리되지 않은 느낌이다.

"나는 세상 모든 정령을 다스리는 아리아니야. 숲의 요정이지. 실라디온, 이리로 와봐."

"싫어! 날 괴롭히려고?"

"아니야. 와봐. 와보면 알아. 아무 짓도 안 할게. 어서!"

아리아니의 말에 아무런 반응이 없다.

"주인님, 마나 좀 뽑아 쓸게요."

"마음대로!"

가슴에서 마나가 뿜어져 나간다. 아주 정순한 마나이다.

"흐음, 이건……! 이건 고대의 향기잖아. 너는 누구지?"

"나는 모든 정령을 다스리는 아리아니라니까. 실라디온, 실체를 나타내 봐. 겁먹지 않아도 돼."

"……!"

아무런 대꾸가 없다. 하여 현수가 끼어들었다.

"우리랑 가까이 있기 싫은가 봐."

"아뇨. 가까이 와 있어요. 지금 머뭇거리는 중이에요."

아리아니가 손짓하는 곳을 보니 희미한 무엇인가가 꾸물

거린다. 흐릿하다는 느낌이다.

"이리 와. 마나를 나눠 줄게. 이거 싫어?"

"진짜? 진짜 마나를 줄 거예요?"

"그래. 어서 와. 너 많이 약해졌구나?"

"나 약해진 게 아니래요. 조금씩 미쳐 가는 중이래요."

"누가 그래?"

"저기 저쪽 화산에 사는 이그니스가요."

실라디온이 가리킨 곳은 인도네시아 자바 섬의 클루드 화산이 있는 방향이다.

지난 2월에 분화한 활화산이다.

'불의 고리[Fire Ring]'라 불리는 환태평양 지진·화산대 위에 위치한 인도네시아에는 130개의 활화산이 있다.

그중 클루드 화산은 인구 밀도가 높은 도시 지역에 가까이 있다. 하여 대규모 폭발 시 큰 피해가 우려되는 화산이다.

지난 1568년에 대규모 분출을 일으켜 1만 명 넘게 숨졌고, 1919년에도 수천 명이 숨지는 등 1500년 이후 여러 차례 분출해 1만 5천 명이 넘는 인명을 빼앗았다.

1990년 분출 때도 30명 넘게 목숨을 잃었으며, 2007년에도 분출한 바 있다. 올해엔 3명이 숨졌다.

"불의 상급 정령 이그니스도 있어? 그 녀석은 멀쩡해?"

"네, 걔는 괜찮은 편이에요."

"그런데 넌 어디 아파?"

"네, 바람이 내 마음대로 불지 않아요. 바닷물이 따뜻해지면서부터 이상해졌어요. 그때부터 내가 조금씩 미치는 중이래요. 이그니스가."

아무래도 엘리뇨 현상과 라니냐 현상 때문인 모양이다.

엘리뇨 현상은 남미 페루 연안에서 적도에 이르는 태평양 상의 수온이 3~5년을 주기로 상승하면서 세계 각지에 홍수, 가뭄, 폭설 등을 몰고 오는 기상 이변 현상이다.

라니냐 현상은 무역풍이 강해지면서 적도 부근의 서태평양 해수 온도는 평년보다 상승하게 되고, 동태평양 해수 온도는 저온이 되는 해류의 이변 현상이다.

근본적인 원인이 무엇인지 명확히 밝혀지지는 않았지만 학자들은 인간들에 의한 지구온난화 때문에 빚어지는 것으로 추측한다.

"일단 이리 와. 너 너무 많이 약해졌어."

아리아니의 말이 끝나기가 무섭게 켈레모라니의 비늘로부터 상당히 많은 마나가 빠져나간다. 아리아니는 이를 정령력으로 변화시켜 실라디온에게 공급해 주는 듯하다.

조금씩 윤곽이 뚜렷해지고 있었던 것이다.

아르센 대륙의 실라디온은 절세미녀이며 글래머이다. 게다가 애교 넘치는 교태로운 미소까지 짓는다.

지구의 실라디온은 그에 미치지 못한다. 바싹 마른 슈퍼모델 같다. 그리고 웃지도 않는다.

"어때, 살 것 같지?"

"네, 고마워요."

"좋아, 이쪽은 내 주인님이셔. 인사드려."

"실라디온이 아리아님의 주인님께 인사드려요."

공손히 고개 숙여 예를 갖추는 실라디온은 아까와 많이 달라져 있다. 말투도 어눌하지 않고 눈빛도 선명해져 있다.

CHAPTER 13
당신이 약한 거야

"그런데 왜 이쪽으로 온 거야?"

"아까도 말씀드렸듯이 바람이 제 뜻대로 움직이지 않아 어쩔 수 없이 온 거예요."

"그랬구나. 알았어. 좀 쉬고 있어."

"네."

아리아니는 실라디온의 상태가 정상이 아니라 여겼는지 도움 청하는 걸 포기한다고 했다.

"주인님, 저는 준비되었어요. 뜻대로 하세요."

"오케이! 싱크, 싱크! 싱크, 싱크! 싱크, 싱크!"

현수는 여섯 척에서 여덟 척씩 묶여 있는 배들을 침몰시키기 시작했다. 잠시 후 깜짝 놀란 선원들이 바다 위에서 아우성치기 시작한다.

"입고, 입고! 싱크, 입고! 입고, 입고! 싱크! 입고! 싱크!"

계속해서 침몰시키며 허우적대는 선원들을 아공간에 담았다. 그렇게 한 시간 정도가 지나자 바다 위에 떠 있는 배는 단 한 척도 없다.

"712척이었어. 아리아니, 아공간에 얼마나 들어간 거야?"

"1,528명이요. 우욱! 냄새! 저 나갈래요. 아공간 닫아요."

"알았어."

어느새 어둠이 다가온 바다 위에는 수많은 어부가 살겠다고 헤엄치고 있다. 수온이 낮다. 따라서 몇 시간 내로 저체온증으로 목숨을 잃게 될 것이다.

같은 순간, 지나 해군엔 비상이 발동되고 있다.

마라도 인근 해역에서 또다시 원인 모를 침몰 사고가 벌어지고 있다는 긴급 타전을 받은 결과이다.

"실라디온 나중에 또 봐."

"주인님은 저기 저쪽에 주로 계실 테니 근처에 가 있어."

"네, 아리아니님."

실라디온이 황급히 고개를 끄덕인다.

현수 부근에 있으면 순수한 정령력을 보급 받을 수 있다는 걸 본능적으로 깨달은 때문이다.

"자, 간다. 텔레포트!"

현수의 신형은 몇 번의 거점을 거쳐 연옥도에 당도했다.

"아아악! 아아아아악!"

"으악! 또야! 아악! 아파! 아파 죽겠어! 엉엉엉!"

비명 소리가 난무한다. 현수는 입가에 흐뭇한 미소를 머금었다. 남의 영토까지 침범하여 해를 끼친 자들이 당하는 고통의 노랫소리가 마음에 든 까닭이다.

"자, 신입이다. 아공간 오픈! 출고!"

덜컹, 덜컹! 덜컹—!

세 개의 컨테이너를 꺼냈다.

"언락!"

철커덕—!

와르르르르르~!

"여긴 뭐야?"

"으아! 이건 또 뭐야?"

컨테이너가 열리자마자 우르르 튀어나온 어부들은 선배들이 당한 대로 그대로를 답습했다.

잠시 후, 빈 컨테이너와 벗은 옷가지들이 아공간에 담겼다. 그리고 현수의 신형이 사라졌다.

"으아악! 이게 뭐야? 말벌이다. 말벌! 아악! 아아아악!"

"아악! 아파! 너무 아파! 아이아악!"

신입들의 고통에 겨운 합창이 시작되었다.

선배들은 자신들 대신 카란툴라 호크에 쏘여 죽을 것 같은 고통을 겪는 신입들을 바라보고 있다.

"으아악! 이, 이건 뭐야? 아, 아나콘다? 아아악!"

타란툴라 호크를 피해 물가로 갔던 자가 화들짝 놀라 뒤돌아서지만 굶주린 아나콘다는 결코 먹이를 놓치지 않는다.

"으악! 아, 악어다! 악어야! 으아아아악!"

죽어라고 뛴 놈은 간신히 악어의 습격을 벗어났다. 하지만 타란툴라 호크의 공격마저 벗어난 것은 아니다.

"아악! 아파! 아아아아악! 아아아아악!"

연옥도는 신입들의 원기 왕성한 비명 소리 덕분에 아주 소란스런 섬이 되었다.

그러는 동안 현수의 신형은 전남 신안군 가거도 해역으로 옮겨가고 있었다.

"어디 다녀오세요?"

"아주 먼 곳."

실라디온은 상당한 기력을 회복한 듯 아까보다도 선명해졌다. 아리아니를 보며 반색한다.

같은 순간, 현수는 불을 켜고 불법 조업을 하는 지나 어선들을 보고 있다. 400척은 됨 직하다.

남의 나라 해역에 들어와 대놓고 어족의 씨를 말리는 중이다. 이를 단속하려 다가가면 쇠꼬챙이를 들고 격렬히 반항하는 놈들이다. 어찌 곱게 보이겠는가!

"싱크! 싱크! 싱크! 싱크! 싱크! 싱크!"

조업하던 배들이 계속해서 침몰하자 모두들 놀란 눈으로 바라본다. 그러다 자신들이 타고 있던 어선이 고꾸라지듯 바다 속으로 빠져들자 화들짝 놀라며 헤엄친다.

"싱크! 입고, 싱크, 입고! 입고! 입고, 싱크! 싱크!"

438척 모두 물속으로 빠져드는 데 걸린 시간은 아까의 절반에도 미치지 못한다. 구경만 하던 실라디온이 시키지도 않았는데 도운 때문이다.

"이번에도 꽉 찼어?"

"네! 그럼 또 가볼까?"

"저도 가요, 주인님!"

"너도 주인님이야? 이런……! 그래, 알았어. 같이 가."

아리아니가 너그럽게도 지구의 실라디온은 봐주려는 모양이다. 하긴 아르센의 실라디온에 비하면 절세미녀와 말라깽이 정도로 비교되니 그래 봤자 현수를 설레게 하지 못한다 생각한 모양이다.

"준비됐지?"

"네!"

"좋아, 텔레포트!"

이번에도 여러 번 거점을 옮겨 연옥도로 향했다. 아까 데려다놓은 놈들은 벌써 엉망이 되어 있다.

비명을 지르며 데굴데굴 구르면서도 물가 쪽으로는 가지 않으려 애를 쓴다. 아나콘다나 악어의 먹이가 되고 싶진 않은 모양이다.

"어머, 여긴……!"

실라디온이 놀란 표정으로 주변을 살피는 동안 컨테이너를 꺼냈고, 놈들을 발가벗겼다.

말로 형언하기 힘든 악취가 풍긴다.

"실라디온, 이 냄새 좀 멀리 보내줄래?"

"멀리요? 어디요?"

귀엽게 고개를 갸웃거린다.

"저기 저 섬 보이지?"

현수가 가리킨 곳은 지옥도이다. 아소 다로 등이 총알개미에게 물려 비명을 지르고 있을 것이다.

"여기서 나는 냄새가 저곳에 머물도록 해줄 수 있어?"

"어렵지 않은 일이에요. 잠시만요."

휘이이이잉—!

일진광풍이 불어 놈들의 냄새를 이동시켰다.

"쿠웨엑! 이건 또 무슨 냄새야? 으아아악!"

"우왁! 토할 것 같아! 우웨에엑!"

총알개미가 주는 고통만으로도 죽을 지경이다.

그런데 어디선가 불어온 바람에 실린 악취는 일본 놈들의 코를 아주 강하게 자극했다.

실제로 몇몇은 먹은 것도 없는데 토한다.

비 오는 여름날 북경의 지하철을 탄 한국인은 매 정거장마다 내린다. 너무도 심한 악취를 견뎌낼 수 없기 때문이다.

그런 냄새가 고스란히 머물러 있으니 죽을 지경인 듯 고함을 지르는 자도 있다.

"후후! 후후후!"

현수는 나직한 웃음을 터뜨렸다.

독도가 자기네 땅이라고 우겼고, 종군위안부를 운영한 적이 없다고 거짓말하던 놈들이 당하는 것이기 때문이다.

"자, 잘들 지내봐. 참, 먹을 게 없지? 아공간 오픈!"

아공간의 식품 중 몸에 해로운 아질산나트륨[18]이 사용된 햄이나 소시지, 명란젓, 연어 알, 훈제 오리 등을 꺼내줬다.

신입이 아니라 선배 무리에게 준 것이다. 굶어 죽지 말고 고통을 더 당하라는 의미이다.

놈들은 열흘 굶은 개떼처럼 달려들어 그것들을 게걸스레

---

18) 아질산나트륨(Sodium nitrite) : 음식의 색깔을 고정시켜 주는 색소 고정제, 미생물 발생을 억제시키는 보존제, 맛과 향을 좋게 하는 향미 증진제 역할을 하는 식품 첨가물로 발암 물질을 형성시킨다. 1g이 치사량이다.

먹는다. 인간이길 포기한 듯 폭력이 난무했으나 내버려 뒀다.

"저쪽에도 한번 가볼까? 플라이!"

허공을 훨훨 날아 지옥도로 가보았다. 지독한 악취 때문에 모두가 바닥을 뒹군다. 그곳에도 햄과 소시지 등을 던져줬다.

굶주렸는지 아귀다툼을 벌이며 먹는다.

"그럼 그렇지. 쯧쯧!"

"돌아가실 거죠?"

"그래, 가야지. 준비됐어?"

"네, 언제든지요."

"좋아, 텔레포트!"

샤르르르룽―!

현수의 신형이 사라지자 소시지와 햄을 먹던 녀석들이 비명을 지른다.

현수의 존재감 때문에 잠시 뒤로 물러나 있던 총알개미와 타란툴라 호크가 다시 덤벼들기 시작한 때문이다.

"흐음! 이제 슬슬 나가볼까?"

격납고 문을 열고 나서니 박철 준위와 송광선 소령이 서 있다.

"다 하신 겁니까?"

"네, 열일곱 대째네요. 내일은 시합이 있어 일본에 갑니다.

모레나 글피쯤 작업이 가능할 것 같습니다."

"네, 잘 다녀오십시오. 그리고 매번 말씀드리지만 감사합니다. 차렷! 경례! 필승!"

"필승! 이만 귀가합니다."

장난스레 경례를 받아주곤 노란 스피드에 올라탔다. 집까지 가는 동안 공군 SART 한 팀이 경호했다.

"다녀오셨어요?"

"그래, 별일 없지?"

"그럼요!"

현수의 상의를 받아 드는 지현이 행복한 미소를 짓는다.

"연희는? 집에 없어?"

"네! 곧 결혼할 친구 만나러 갔어요. 저녁 먹고 온대요. 참, 자기 저녁 식사는요?"

"아직 전이야. 근데 너무 늦었나?"

"아뇨. 금방 차려드릴게요."

무슨 말이냐는 표정으로 소매부터 걷는다. 후다닥 상을 차리겠다는 뜻이다.

"아니다. 나가서 먹자. 갑자기 장어구이가 먹고 싶네?"

"장어구이요?"

"그래. 그거 정력에 좋다잖아."

"네에?"

지현은 진심이냐는 표정으로 바라본다. 그렇지 않아도 강력한 정력을 가져 몸살을 앓을 지경이다.

그런데 자양강장식까지 챙기니 기가 막힐 것이다.

"하하! 농담이야. 이 근처에 일송정이라는 한식집이 있어. 광어회, 갈비찜, 대하구이 등이 괜찮아."

"그, 그래요?"

"같이 갈 거지?"

"그럼요."

"그럼 준비해."

지현이 준비하는 동안 마당에 나와 리노와 셸다에게 먹이를 주었다. 아공간에 담겨 있던 육류이다.

백두마트에서 턴 게 아니라 아르센 대륙에서 구해놓은 것이다. 녀석들은 맛있다는 듯 게걸스레 먹는다.

일송정에 당도한 둘은 하하, 호호 웃으며 맛있게 음식을 먹었다. 경호팀에게도 모처럼의 만찬을 베풀었다.

"내일 일본에 축구하러 가는데 같이 갈까?"

"정말요?"

"토요일이잖아. 근무 안 하지?"

"네, 같이 가요."

"좋아!"

지현은 모처럼의 나들이 제안에 다소 들뜬 듯 잘 마시지 않던 곡주까지 몇 잔 비웠다.

귀가길 운전은 국정원 요원이 맡았다.

"요즘 국정원에서 제 원망 많이 하죠?"

"…네."

전체 직원 중 5% 이상이 빠져나갔음을 언급한 것이다. 그런데 요원의 표정이 조금 이상하다.

"무슨 문제 있어요?"

"그만두고 이쪽으로 옮기고 싶은데 못 오게 하니까요."

"누가요? 엄규백 국장, 아니, 팀장이 그래요?"

"아뇨. 최찬성 팀장님이 그래요."

"왜 국정원을 떠나고 싶은 건데요?"

"지난해 연말에 실망스런 일이 많이 있었잖아요. 그때 정이 떨어졌어요."

"……!"

현수는 잠시 대꾸하지 않았다.

국정원은 조직 상부 중 일부가 썩었을 뿐이다. 나머지는 국가관 투철한 애국자들이 포진해 있다.

문제는 썩은 놈들이 권력을 쥐고 있다는 것이다. 이건 일개 개인인 본인이 어쩔 수 없는 문제이다.

그렇기에 운전해 주는 요원의 속내가 짐작되었다.

"국내는 어렵겠지만 외국으로 가는 건 어때요?"

"외국이요?"

구미가 당긴다는 표정이다.

"이실리프 농장이 들어설 자치구 대부분이 치외법권 지역이 됩니다. 그곳으로 가는 건 괜찮을 것 같습니다."

"……!"

"물론 아주 은밀히 이동해야 할 겁니다. 공개되어 버리면 제가 국정원에 찍히게 되니까요."

"어떤 나라를 말씀하시는 겁니까?"

"러시아, 몽골, 콩고민주공화국, 우간다, 케냐 중에서 고르세요. 원하는 곳으로 보내드리지요."

"…생각해 보고 말씀드려도 될까요?"

"물론입니다. 신중히 생각하고 결정하세요. 국정원을 나오는 건 언제든 가능하지만 한번 나오면 다시 못 들어가니까요. 아시죠?"

요원은 표정을 굳힌다. 현수의 말처럼 국정원은 제 집 드나들 듯 할 수 없는 곳이다.

이동하는 동안 스피드에서 주고받은 대화는 어느 누구도 도청할 수 없었을 것이다. 이곳까지 따라온 실라디온이 차량 전체에 미세한 진동을 주고 있기 때문이다.

현수와 가까이 있으면 있을수록 흐릿하던 정신이 맑아지

고, 어눌했던 말투도 또렷해짐을 느끼곤 떠나지 않는 것이다.

물론 아리아니의 적극적인 만류도 작용했다.

지구에도 바람과 불의 상급 정령이 있음을 확인했다.

그렇다면 땅과 물의 상급 정령들도 있을 것이다.

그들을 찾아야 몽골에 제안한 초이발산 남부 탐삭블락 지역과 고비사막의 농지화 등이 쉽게 해결되기 때문이다.

하급 정령들을 데리고 일하려면 꽤 애를 먹을 일이다. 워낙 광대한 지역이기 때문이다.

아무튼 물과 땅의 상급 정령은 어디에 있는지 모른다.

실라디온의 도움을 얻으면 나머지 정령들도 찾을 수 있을 것이다. 하여 주변에 남도록 아낌없이 정령력을 뿜어주고 있는 것이다.

[주인님, 물의 상급 정령이 어디에 있는지 알았어요.]

[그래? 어디에 있대?]

[바이칼 호수요. 거기서 놀고 있대요.]

[그래? 잘되었군. 내일이라도 찾으러 가보자. 근데 땅의 상급 정령은 어디에 있는지 모른대?]

[안대요. 알고 있었대요. 근데 지금은 생각이 나지 않는대요. 열심히 생각하는 중이에요.]

[오케이! 실라디온에게 정령력을 더 공급해 줘. 그럼 금방 생각날 수도 있으니까.]

[네, 주인님!]

우미내 집에 당도하여 샤워를 했다. 그리곤 침실에 들어가 즐거운 한때를 보냈다. 오늘도 지현은 지쳐서 곯아떨어졌다.

'내가 센 게 아니고 당신이 약한 거야. 보약이라도 지어 먹여야 하나?'

현수는 잠시 아전인수 격인 어처구니없는 생각을 하곤 피식 웃었다.

이때 연희가 귀가한다. 곧 결혼할 친구가 있는데 결혼식에 참석할 수 없을 것 같아 청주에 갔었다고 한다.

피곤하다 하여 씻고 자라고 했다.

서재에 자리 잡고 앉아 내일 방문할 내각조사처 도쿄 3지부에 관한 자료들을 찾아서 읽었다.

지나의 첩보원들이 파악한 것이라 모두 믿을 수는 없지만 그래도 참고 자료는 될 듯했기 때문이다.

"흐음, 이곳에 자료가 많이 있어야 할 텐데."

갔는데 별 볼 일 없는 자료들만 있으면 맥이 빠진다. 그렇기에 또 다른 곳 하나 정도는 더 알아둬야 하는 거 아닌가 했다. 하지만 현재로선 정보 부족이다.

이실리프 정보가 얼른 제 기능을 해야 원하는 것을 제때에 제공받을 수 있을 듯싶다.

"참, 사원증!"

아공간의 스테인리스 철판을 꺼내 퍼펙트 카피 마법으로 여러 종류의 사원증을 만들어두었다.

이실리프 정보뿐만 아니라 KAI와 퍼스텍, 그리고 세트렉아이 등의 사원증도 필요하기 때문이다.

쩍, 쩍, 쩍!

"하아암!"

자리에서 일어나 기지개를 켠 현수는 간편한 운동복을 입고 새벽 운동에 나섰다.

여느 때처럼 리노와 셀다가 곁에서 뛴다.

"주인님, 오늘은 저기 저쪽으로 가세요."

"오케이!"

아리아니가 가리킨 곳에 당도해선 헬스기구를 꺼내 한바탕 운동을 했다. 전신 근육의 발달도는 이미 최상에 이르러 있다. 그렇기에 적절한 이완과 긴장을 반복하는 정도이다.

"주인님, 실라디온이 그러는데 땅의 상급 정령 노에스가 어디에 있는지 알았대요."

"그래? 어디에 있대?"

"마리나 해구 아래에 있대요."

"뭐? 마리나 해구? 하필이면 왜 거기에 있대?"

현수가 이맛살을 찌푸리자 아리아니는 고개를 갸우뚱거린

다. 이 모습은 참으로 앙증맞았다.

"무슨 문제라도 있어요?"

아리아니는 대체 왜 이런 반응이냐는 표정이다.

"거기 깊이가 얼마인지 알아? 무려 11,034m야."

현수의 반응에 놀란 아리아니가 실라디온에게 묻는지 잠시 대꾸가 없다.

"주인님, 거기에 마나가 많대요."

"끄응! 하필이면……. 10서클 마법사이고 그랜드 마스터라 할지라도 가지 못할 곳이 거기야. 어쩌지?"

1,100기압이 넘는 곳이라면 잠수함이 압궤되고도 남을 깊이이다. 이런 사실을 알기에 침음을 낸 것이다.

"그럼 엔다이론 먼저 찾은 뒤 데리고 오라고 하면 되잖아요. 엔다이론은 물의 상급 정령이니 아무리 깊은 물이라도 제 세상처럼 돌아다니니까요."

"아! 그런 방법이 있었네. 맞아, 내가 깜박하고 있었어."

오늘은 일본을 방문하는 날이다.

축구로도 혼쭐을 빼놓겠지만 내각조사처 도쿄 3지부에 잠입할 생각으로 여념이 없다.

하여 이런 단순한 생각조차 하지 못한 것이다.

"그럼 바이칼 호부터 가야겠군."

"네, 그럼 전 잠시 자리 비워요."

"그래, 너무 무리하진 마."

아리아니는 망가지기 시작한 숲을 원상으로 되돌리기 위한 작업에 나섰다. 이번에도 물과 불, 바람과 땅의 하급 정령들이 동원되었다.

상급 정령들이 나서면 일은 더 쉬워지게 될 것이다.

"준비됐어?"

"그럼요! 저 어때요?"

지현은 챙이 넓은 모자를 쓰곤 생긋 미소 짓는다. 너무도 아름답고 섹시하다.

"당연히 예뻐! 그럼 갈까?"

"네!"

연희는 오늘 친구 예물 사는 걸 돕기로 해서 아침 일찍 나갔다. 하여 동행하지 못한다.

우미내 마을을 떠나 김포공항으로 향했다. 윌리엄 스테판 기장과 스테파니는 벌써 대기하는 중이라고 한다.

현수는 경호원 중 토탈가드 요원들만 대동하기로 했다. 육·해·공군과 국정원 요원 등은 신분 때문에 배제된 것이다.

"어서 오십시오, 보스!"

"아침부터 수고가 많아요."

"별말씀을 다 하십니다. 타시지요."

윌리엄 스테판 기장의 정중한 안내를 받아 자가용 제트기에 탑승했다. 잠시 후 날렵한 몸매의 기체가 김포공항의 활주로를 박차고 하늘로 솟는다.

서울에서 도쿄까지는 1시간 40분 정도 걸린다. 그렇기에 커피 한 잔을 했을 뿐이다.

지현이 창밖 풍경에 시선을 주는 동안 현수는 기체에 추락 방지 마법진을 그려 넣었다.

그리곤 조종실로 가서 기장에게 기능을 설명해 줬다.

처음엔 말도 안 된다는 표정이다. 추락하지 않는 비행기가 있다는 말은 금시초문인 때문이다.

하여 본인의 아이큐를 동원하지 않을 수 없었다.

세계 6대 난제 전부를 풀어냈고, 페르마의 마지막 정리 또한 새로운 방법으로 증명해 낸 두뇌로 만든 신기술이라는 말에 고개를 갸웃거린다.

믿고 싶지만 믿어지지 않은 때문이다.

"아무튼 기체에 이상이 생겨 추락을 피할 수 없을 경우 엔진을 끄고 이 버튼을 눌러요. 그럼 지상 20m 높이에 멈출 테니까요."

"보스, 진담입니까? 제 상식으론 믿어지지 않습니다."

"딱 한 번만 효과가 있는 거니 절대 시험해 보지 말아요."

"……!"

이러니 더 무섭다.

제대로 작동되는지 확인조차 해볼 수 없으니 이것만 믿고 시동을 걸었다가 그대로 추락하면 목숨까지 잃게 될 수 있기 때문이다.

"날 믿어요. 이 비행기가 누구 건지 잊지는 않았죠?"

"물론 보스의 기체입니다. 알겠습니다."

천주교 성당엘 가보면 '믿을 교리' 라는 말을 쓴다. 꼬치꼬치 따지지 말고 무조건 믿으라는 것이다.

예를 들자면 성모 마리아가 예수를 잉태했다는 것이다.

정자와 난자의 결합 없이 여자 혼자 임신한다는 것은 현대 과학 상식으론 말도 안 되는 이야기이다.

또 하나의 예는 성모 마리아가 지상 생애를 마친 후 죽지 않고 하늘로 올라갔다는 것이다.

이것 역시 납득되지 않는 일 가운데 하나이다.

그렇기에 깊이 따지지 말고 믿으라는 뜻으로 '믿을 교리' 라는 표현을 쓴 듯하다.

윌리엄 스테판은 천주교 신자이다. 그렇기에 믿을 교리라는 말을 떠올리며 고개를 끄덕였다.

"보스, 안전벨트 부탁드려요. 곧 착륙합니다."

"알았어요."

스테파니의 상냥한 안내에 고개를 끄덕인 현수는 다가오는 나리타공항을 바라다보고 있다.

공식적으론 첫 번째 방문이다.

한 번도 좋은 의도로 온 적이 없다. 오늘은 일본의 축구팀을 절망에 빠뜨리게 하기 위해 방문했다.

『전능의 팔찌』 35권에 계속…